CHARACTER

アルティマイア・フーデルケンス

才能と美しさに恵まれた魔女だが、魔法使いにとって致命的な病に侵される。母校の魔法学園で終活に勤しんでいるところにスバルと出会い、生きる希望を見出す。

スバル・アイデン

ごくごく一般的な魔法学園の男子生徒。将来に対して漠然とした不安を抱えて学生生活を送るなかでアルティマイア師匠と出会い、尊敬と恋心を抱いていく。

クレスティア・ヴァレンティヌス

魔法学園で教員を務める魔女の一人。アルティマイア師匠の友人として、良き相談相手になる恋する魔法使い。

クーデレ師匠を救えるのは
俺の精液だけらしい
VN
Variant Novels
著 山崎世界
イラスト 孫 陽州
KUUDERESISHO WO
SUKUERUNO HA
ORENO SEIEKIDAKE RASII
TAKESHOBO

CONTENTS

KUUDERESISHO WO SUKUERUNO HA
ORENO SEIEKIDAKE RASII

第1話　難病の師匠と初体験

由緒(ゆいしょ)正しき魔法学園の一室。その研究室の一角。薬品や古い本の匂(にお)いが漂い、光源は小さい窓が一つだけであり日中でもなお薄暗く、ランプの灯りを補助にして室内を照らしている。

歩くだけでギィ……っと不気味に鳴る古い木造の小屋。人が居るには適さないが、魔法使いという人種にとってはむしろ歓迎すべき環境である。

「今日はここまでにしておこう……」

この部屋の主、アルティマイア・フーデルケンス。身分としてはこの学園の客員教授として招かれているものの、とある事情から特定の弟子も取らず学会にも姿を現さない。

そして俺は、偶然にもこの人の弟子となる幸運を授かった学生スバル・アイデンだ。今日も二人きりの講義を終えたところで、マイア師匠はテキストを閉じた。

「師匠。お身体(からだ)は大丈夫なんですか、本当に」

「うん？　ああ、大丈夫だよ。おかげさまで、ね」

ゴポゴポと熱以外の原理で気泡が上がる薬湯をいつもの習慣のように飲み下しながら、むしろじっとこちらの顔色を窺(うかが)ってくる。

腰まで伸びた艶やかな紫の髪は顔を半(なか)ばまで覆って、そこから垣間(かいま)見える深い青の瞳は複雑な輝きを湛え、まるで夜空に輝く星々のようだ。日にあまり当たらない肌は白くて美しいまま、顔立ちは大人びていて有り体に言えば綺麗な見た目だが、その表情はあどけなく裏表がない。

「それじゃあ、その。始めようか」

師匠との語らいというのも俺にとっては望外の喜びだが、講義を終えて残っている理由はそれだけじゃない。

というか、師匠に比べれば凡人もいいところの俺が弟子になれた理由、というのもこのためというのが大きい。

「本当に、ゴメンね？」

そうして師匠はそのまま椅子に座る俺に近づいて……ズボンに手をかけた。

「ん、もう大きくなりかけてる」

少しさするように様子を見ながらも、抑えきれないというように肉棒を取り出す。ブルン、とあさましく期待を膨らませて飛び出した肉棒に、師匠は喜色を浮かべる。

そしてそのままひざまずいて、ゆっくりと肉棒を前後にその手で擦っていく。

「くっ……！」

その感動で思わず声が漏れた。

「あ、どこか痛かったかな？　ゴメンね……前に見たときは、もっと強く強く、痛くないのかなってくらいに擦っていたから。だからこれくらいはしなければと思ったんだけど。自分で擦っていたのだから、コツは知り尽くしていたんだよね」

優しく優しく、傷に手を当てるように……。不器用に師匠が呟いている。

「だから、もっと教えて？　君の気持ちいいこと。君のしてほしいこと」

ともすれば言葉責めのように聞こえるが、しかしその言葉はどこまでも沈み込むくらいに優しさと慈愛に満ちている。

俺は、俺だけは誤解しない。この人を。理解者でいたい。それくらいしか、今、この人の弟子であると誇れるものがないから。

「えっと。その……力具合は大丈夫なんです。本当に、耐えられなくなったら言いますから。そうやって陰茎を前後に擦っていただければ、と。ビクビクッてしたときは、その、気持ちいいってことですから、一々尋ねなくてもいいんですよ」

「そう？　そうなんだ……」

自信をつけたのか、鼻息荒くじっと見つめながら黙々と擦る。

「ああ、そうだ。忘れてた」

師匠は肉棒から手を離して思わず声を出そうとしたところで息を呑んだ。

しゅる……と衣擦れの音。以前は粗相をしてしまったが、正しい手順で今、そのローブが脱ぎ去られようとしている。身体の真ん中にある紐を解くと、胸の谷間と下着が垣間見えて、ごくりと思わず息を呑む。

マイア師匠の肉体は、全貌を眺めたことはまだ無いけれど、それでも女性もうらやむ完璧に近いボディラインをしていることは、抱きしめられたりしているうちにわかった。そのバランスを崩しているものがあるとすれば、大きすぎるおっぱいだ。

ロープから露わになる乳房と、それを支える黒い下着。その下着ももどかしげに上にずらして、乳首までこちらに見えるように露出する。

「スバルくんは、おっぱいが好きなんだよね？」

ぐっとまたロープに指をかけて、乳首を見せるようにする師匠。大きめなおっぱいに比べて、師匠の乳輪は少し小さめで色素も薄いピンク色の控えめな乳首だ。

「あ、また大きくなった。うん……よかった。恥ずかしいけど、スバルくんが喜んでくれるなら、こんな邪魔なだけだった私のおっぱいも、ようやく好きになれそうだ」

心臓が高鳴って苦しくなるくらいに師匠の身体を凝視して、師匠はいっそう大きくなった肉棒を早く擦る。

「あ……何か出てきた」

そうしているうちに先走り汁がぷくりと亀頭から溢れて、師匠は手を止めずに上目遣いでこちらを見つめる。

「舐めていい？」

「……っ！」

答えられずにいた俺をよそに、鈴口に舌を伸ばしてきて、半ばこじ開けるように先走りを舐めとる。

「師匠……」

「ん？　ちゅ……ゴメン、辛かったかな？」

「いや、それはその、大丈夫なんですけど……どうですか？」

「あぁ……うん……ん、く」

師匠は舌を転がしてのどを鳴らすようにして、先走りを飲み干す。その様子に、不謹慎ながら興奮してしまう。

「ん、精液ほど、ではないけれど、効果は認められるみたいだ。だから、君にとっては恥ずかしいかもしれないけれど」

「遠慮する必要とか、ないですから。俺は、その師匠に返せるものとか何もないから、だから……そういう約束ですし」

どうしていいのかわからず、混乱した俺は師匠の頭を撫でてしまう。

「あ……」

「あ！　いや、そのごめんなさい！」

「離さないでいいよ？　いや、離さないでいてくれると、その……嬉しい」

自分の手で師匠の顔が今一つ見えなくなってしまうというジレンマを抱えてしまった。

「ん、くちゅ、ぷちゅ、じゅるるるる」

そのまま師匠は亀頭まで口にくわえたまま、陰茎を手で擦っていく。

裏筋にも舌を這わせて、下品な音がするくらいに吸い上げてくる。俺の足元におっぱいを押し当てている形になっているのにも気づかず、柔らかな感触に酔いしれる。

「あ、師匠。その」

「ん、んじゅるるるる」

射精の気配を師匠も感じたのか、肉棒全体を咥えて俺の腰までがっつりと手を回して一気に吸い上げ、逃げる間もなく師匠の口の中に射精する。

「ぷは、はぁ……んちゅぅぅ」

のどに絡む精液を苦しそうにしながらも、ごくごくとのどを鳴らして飲み込む。そしていったん離した口もまた吸いついて、最後の一滴まで絞りつくすように肉棒を刺激し、イったばかりで敏感な肉棒はまたびくびくとなすがままに搾り取られる。

「気持ちよかった……?」

声の刺激でまたビクン、と肉棒が精液を吐き出して師匠の顔を汚してしまう。師匠はそれをまた舐めとってごくんと飲み干した。

「それは、えっと。はい」

「そう、よかった」

今まで淫行に耽(ふけ)っていたとは思えないほどに純真な笑顔を浮かべる。

「ゴメンね。君には迷惑をかけてしまうけれど。自分で慰めないようにしてほしい。無為に吐き出したりしないで、君の精液をすべて私に吐き出してほしい。その代わり、私も頑張るから。君に決して我慢なんてさせないから。講義だけじゃなくって、いつでもここに来ていいから、ね？」

俺と師匠の奇妙なようで実は単純なような気もする関係はどこから始まったのか。

まずは、俺と師匠の出会いの話から始めようか。


魔法学園に入学して一年ほどが過ぎようとしていたころ。俺が、魔法という存在に抱いていた憧れは薄れていた。

子供特有の無邪気な夢とでもいえばいいのか、もっと色々なことができると思っていた。

でも実際に学んでみるとそう単純にはいかず、色々と面倒な法則があり、魔法という存在でさえもこうも雁字搦(がんじがら)めなのかと、失望を味わっていたのだ。

それでも才能でもあればまた別であったのかもしれないが、今はせめて落第しないようにペーパーテストの暗記に努めていくくらいしかできず、やはりつまらない。

「なあ、お前はどこに師事するか決めたか？」

そんな時、クラスメイトの一人が尋ねてきた。

この学園は各々好きな授業を選ぶという形式なので、クラスという単位で集まることは少ない。今俺が出席している説明会は、その数少ない機会の一つなのだった。

この学園では共通の授業とは別に、師弟制度がある。教授陣の中からこれはと思う人間と交渉し、師として指導を受け、魔法の才能を伸ばす。ただ、学園側でも色々な調整はしてくれるものの、基本的に弟子入りの交渉は学生自身が行わねばならなかった。

「やはりここはヴァレンティヌス先生のもとに」

「うーん、俺も入学前はそう考えていたんだが、直に講義を聞いてみてクレッセント卿の元で学んでみたい気持ちも……」

クラスメイト達は悩みながらも楽しそうに未来を語らっている。

この学園に入学する以上、そもそも最初から師匠を定めている人間のほうが多い。入学してから心変わりすることもあろうが、それでも一年の猶予は与えられている。

だけど俺は、希望する師どころか、学ぶ意欲さえ持っていなかった。


「どうすっかな……」

学園の構内をさ迷い歩きながらつぶやく。

情熱も失って、いや最初から無かったといっていいのかもしれないが、だからといってこのまま何も得るものも無かったと田舎に帰るのも悔しい。

師匠。師匠か……、全然想像つかないってのが正直なところで。

「……あれ？」

ここ、どこだ？

考え事しながら歩いていたせいで、全く身に覚えのない景色が目の前に広がっていることに今さらながら気づいた。

ここは魔法学園で、一見なにごともなさそうに見えても人払いや幻術の類はそこら中に溢れているから注意せよ、なんて。そんな今さら新入生みたいな間違いをしてしまっていることに苦笑する。

「……？」

そこで見つけたのは古ぼけた小屋。

「アルティマイア・フーデルケンス……？」

表札にある研究室の主らしい人間の名前に、全く覚えはなかった。元々、そんな魔法使い情勢に詳しいわけではないからまあいいか、と軽く考えてノックをした。

「……？」

返事が無かったが、まあここで帰るのも癪というか……帰り方を教えてほしい、と手掛かりを求めて部屋の扉を開けた。

「誰だい？　客人の予定はなかったと思うが」

そこにいたのは、黒いローブで全身を覆った女性だった。腰まで伸びた髪をたなびかせながら、ちょうど立ち上がって本棚に手を伸ばしているところだった。

「あー、俺はその。この学園の学生でスバル・アイデンです」

「ふむ……そうか。それで、何か用かな？　授業を受け持ってはいないが、一応この学園に所属する魔法使いである以上、学生からの質問には答える義務がある。まあ、忠告するのであれば君の疑問を解消するにはよりふさわしい人材がこの学園には溢れている、と言っておこう」

忠告、というがつまり自分に聞くな、迷惑だ、ということなのだろうか。そうなんだろうな、実際……。こんな学園の片隅で講義もせず、研究に勤しんでいるような人ならなおさら。

「ああ、その。道に迷ってしまって」

「……なるほど。道理で。この入り口から左に出て、赤い屋根の建物が見えたらまた右に曲がってまっすぐ進むといい。そうすれば校門が見えてくるはずだ。後は、見覚えのある道に出られると思う」

アルティマイア女史、でいいのかな？　は手元の本から目線を離さず簡潔に回答する。

「あ、その。はい。ありがとうございます」

俺は何となくじっと見てしまう。

「……まだ何か？」

目線を向けられる。深い青の綺麗な輝きの瞳。そこには苛立ち、というよりも戸惑いが感じら

れた。同時に、すごい美人だな、と思った。

冷たいような物言いに聞こえたが、彼女なりの親切だったのだろうか、と好意的に解釈することにして。俺はこんな美人の師匠に手取り足取り教えてもらったなら楽しいだろうなという下心もあって、気が大きくなっていた。

「あの、その。アルティマイア女史」

「マイアで構わないよ。それに、私はそんな大それた身分でもないからそんなにかしこまらなくたっていい」

「……マイア女史は、弟子の募集は」

「ああそうか。もうそんな時節だったか……すまないね。あいにくだが、私は弟子を取らないことにしているんだ。これは学園にも許可を取ってある」

弟子を取らない？　定員を締め切っているというのならわかるが、この学園に在籍する魔法使いである以上、その義務があるはずなのに。その例外を学園も認めている？　いったいどういう事情があるのだろうか、とますます疑問は深まった。

「しかしなんだって私なんかに。君の得意な魔法系統は何かな？」

「あはは、その。いや、お恥ずかしながらどうにも成績があんまり芳しくなくって。下級魔法くらいしか覚えられなくって」

ヒュン、と一陣の風が通り抜ける。

「そんなことを言うものではないさ。下級と呼ばれる魔法でも、できることはいくらでもある。だから、そう悲観せずに頑張りたまえ」

小さくパリン、と音が鳴ったので後ろを振り返ると、そこにあったのはテーブルの上に置いてあるグラスだった。先ほどまでなみなみと入っていたのか、グラスの中ほどにある穴からじょろじょろと水が漏れ出ていて、たった今、何かで穴が開いたのだろうということはわかる。

穴が開いているにもかかわらず、その周辺にはヒビすら入っておらず、よほどの鋭い針のような何かが素早く貫いたのだ、とやっと理解が追いついた。

「今のは……」

「うん？　ただのマジックアローだよ」

マジックアロー。この学園に入る以前から習うような、初歩的な魔法。魔力で生成した矢で相手を射抜く……とはいっても、ごく初歩の飛び道具で分厚い服で防がれる程度の威力でしかない。無論、グラスを貫くなんて芸当ができるようなものではない。俺の知る限りならば。

「そうだね。ただの、というのは違うか。だがね。込めた魔力量で言えばむしろ通常よりも少ないくらいなんだ。下級魔法というのは大規模な術式（じゅつしき）のいる魔法よりも応用は効く。だから、まずは極めてみるというのも手だよ。極めるというのはつまりそういうことだ」

俺はしばし無言のまま頭が真っ白だった。そして、やっと頭が追いついて、やがて、叫んでしまう。

「すげえええええええええ!!!」

ビクッとマイア女史が驚くのを認めたが、それでもその衝動は抑えられなかった。

「あ、あの、その。ええっと、ああ！　その、うん。自分で学んだり試行錯誤したりとか、そういうことを言ってるんだろうなってのはわかるんですよ。ええ。分かるんですよ!?　わかるんですけど。でも、スゴすぎですもん！」

「え、ああ、その……」

ぶんぶんと思わず手を握って振り回す。パサッとマイア女……師匠の本が落ちてしまったので、折り目がついてしまっていないか確認して、テーブルに置く。

「不出来な学生だってことは重々承知ですけど、でも。お願いです！　俺を弟子にしてください！　師匠！」

「私は弟子を取らないと言って……」

「分かってます。でも、お願いします。ご迷惑でなければ何卒（なにとぞ）！　どうか！」

そうして俺ははるか東方の国に伝わると聞くDOGEZAを披露する。これを前にした人間は謝られる側であるというのにむしろ謝る側に回ってしまうという禁断の技……！

「わ、わかったから。その……顔を上げて……今日はもう帰るといい。明日にでもなれば、きっと熱も冷めるだろう」

何と。師匠はまだ俺の情熱を疑っておられるらしい。仕方がない。ここは俺の熱意を証明するためにも、これ以上ご迷惑をおかけしないためにも今日は帰ることにしよう。

「それでは、また明日」

今までやったことのないくらいに丁寧に頭を下げる。

「アハハ、そう、だね。うん。また、会えるといいね」

師匠は、笑った。その笑顔は、綺麗で、同時にどこか寂しげで儚かった。

俺は師匠と会って、魔法に対する情熱を取り戻せた気がする。

だから、俺はがんばるぞっとわけもなくあたりを走り回り、そこで気づいた。

「師匠って、ふふ……おかしな子だな。まったく」

バン！　と再び戻って扉を開けると師匠が何かつぶやいているようだった。師匠は慌てたようで、そんなところが、なんかちょっとかわいいとか思ってしまった。いや、師匠！　師匠に対して何たることを俺は！

「な、何の用……？」

ちょっと怯える(おび)ように言う師匠に、俺は意を決して尋ねる。

「あの……帰り道どっちでしたっけ？」

明朝からしっかりと講義を受けて、午後になって慌てて飛び出して俺は師匠の下に急ぐ。

うん。昨日のうちから、もう何回も確認した。もう迷わない。

「また来たのか君は……」

呆れながらも、笑顔で迎えてくれた師匠に、俺も笑顔で応えた。

「スバルくんは、一応下級魔法と呼ばれる魔法は一通りは覚えているものとみていいんだね」

「師匠……俺の名前、覚えてくれていたんですか！」

感激です！

「いや、その……人と会うことは少ないから、数少ない会ったことのある人間くらいは覚えているさそれは……あと、師匠と呼ぶのはやめてくれないだろうか。私は、弟子を取らないと何度も……」

「む、まだ俺を弟子と認めてくださいませんか」

「そういうことではなくって、本当ならこんなところで君は時間を空費しては……」

「こ　ん　な　と　こ　ろ!?」

「……あれ？　私が悪いのかな？」

師匠と俺の関係については未だ平行線だったが、それでも師匠はイヤな顔をすることもなく俺に魔法の講義をしてくれた。

「魔法の構成というのは言語のようなもの、というかそのものだね。大気中に存在する決まった形を持たない魔力に対して働きかけるための。だから、単語の一部を差し替えたり語順を入れ替えたりして本来の意味を改変することも可能なんだ。理論上はね」

師匠は掌で光の魔力の球を作り出して、そこからさまざまに姿を変えるさまを見せてくれる。それはたとえば数字の1や2であったり、星や三角形に見立てたりところころと変わる。

「このあたりであればまだ感覚でやれるものかな？　うん。とりあえず、自分の思う限りでやってみるといい」

「はい」

ぼぉっと光の球が出現するまではいい。問題はここから形態を変化させること？　まずは数字の1、くらいを目指してやってみようか。形も一番単純だし。

師匠は、何か飲み物を口にしながらこっちを見ている。何やら不気味な泡が立っているように見えたけど大丈夫なんだろうか。

なんて、気にする資格なんて無いか。俺はそのままぎゅうっと締め付けるように頑張ってみるが、今一つうまくいかない。いや、何となーく動いている感じがするんだけど誤差の範囲内というか。

くそ。こんなんじゃ弟子として認められな……

「焦らなくてもいいよ」

こわばっていた手が優しく包み込まれる。

「力をゆっくりと抜いてみよう。そうしてそのまま頭を空っぽにしていく。教科書で習ったことというのは確かに効率的ではあるけれど、それによって固定観念が出来上がってしまう。いわば、こうであるはずという型に嵌(はま)った思い込みだ。それを外すことがこの課題のきっかけだ。大丈夫だよ。困ったときには私がまた一から教えてあげるから。だから、大丈夫」

師匠の言葉に、催眠術みたいに頭がぼーっとしていって、ただ、そうか師匠がいるなら大丈夫なんだ、というそこに残った想い。

それを頼りにして、俺はゆっくり意識を手放していき……そして、ああそうだ。課題があったんだ、と思い至る。

「できたじゃないか」

掌を見ると、数字の1の形に、やや不格好だが成り立っていた。

「師匠……！」

やはり師匠はすごいと思う。

「あはは、よかった。よし、それじゃあ次のステップに……ッ」

「師匠!?」

いきなり倒れかける師匠に慌てて手を伸ばすが、不格好に支えたおかげで、手を机に打ちつけてしまった。ああ、もちろん師匠の身体は最優先で死守したが。

「……すまない。大丈夫かい？」

「いやそんな。それより師匠が」

師匠を適当な椅子に座らせて、様子を見る。

「んん……ふぅ……ふぅ……ありがとう」

ひどく疲れた様子で、素直にこちらに礼を言う師匠。そんな様子に心配になるが、突然ズキッと師匠をかばった右手に痛みが走ったのを感じた。

どこで切ったのか、人差し指の根元から先にかけ血の線が走り、血が染み出し始めていた。

「スバルくん……けがを」

「ああ、いや。こんなのかすり傷で」

「……」

師匠は俺の手を心配そうにとって、眺めていたと思ったらやがて……その指をくわえだした。

「し、師匠!?」

「ん、ちゅ、消毒、しないと。ね」

くちゅ、ぬちゅ、と水音が会話が途切れた空間に響く。気恥ずかしさと、傷口を舐めとられる妙な快感が背筋を走って、ただバカみたいにずっとなすがままになっているしかなかった。

「んん？　ちゅー……ちゅる」

消毒、ということで傷口を伝うように舐めていた師匠の舌だったが、いつしかその趣(おもむき)を変えて、血を吸いだすように強く吸い付いた。

「し、師匠？」

「……ハッ」

やがて気が付いたように口を離した師匠。指から師匠の唇にツツーっと涎が糸を引いた。

「しょ、消毒しないといけないね」

涎を拭きとって、今度は救急箱を取り出した師匠は消毒綿で血を拭って、包帯を巻いてくれた。

そこまで大げさにしなくていいものを、と思ったが師匠にこれ以上心配をかけるわけにもいかず、押し問答は俺が弟子として引いた。

「今日はここまでにしよう……」

師匠は何かを考え込むようにしていて、俺はそれに対して何ができるわけでもなく研究室を後にした。


「もう来なくていい。いや、来ないでくれ」

次の日。突如として告げられた言葉。師匠は、俺に背を向けて、何か本を読みながら言い放った。

「そんな、何でですか！　俺が、不出来な学生だから、ですか？　弟子として抱えるには不足ですか」

「そうだと言えば、君は納得してくれるかな？」

師匠は、絞り出すように言う。

「……迷惑なんだよ。こんなところで油を売ってないで、もっと有意義なことに時間を使えばいい。もうすぐ進級試験だってあるだろう？」

「俺は、師匠の下でまなびた……」

「私は師匠じゃない！」

ぴしゃりと切って捨てる。

その背中は拒絶の意志。

「……ッ！」

悔しくて、俺は部屋を後にする。


「これでよかったんだ……これで…………」


ふと、俺の頬（ほお）に手を当てると涙が流れてるのに気づいた。それで分かった。ああそうだ。本気なんだ俺。ここまで何かに本気になることなんてなかった。

だから……まだ諦（あきら）めない。諦めてなんかやらない。そうだ。進級試験。それでいい成績を残して、師匠に弟子として相応（ふさわ）しいって認めてもらえば。そうすれば、俺は……。

そうと決まればさっそく。俺はそのまま図書館に行き、講義を聞き、初めて教授のところまでわからない箇所を教えてもらいに行った。

そうして、しばらく師匠のことを胸に。けれど一旦、師匠のことを忘れて進級試験に挑んだ。

それから、まあさすがにトップとはいかなかったが今までの自分では信じられないくらいの好成績を収めて、どうしたのかと周囲の動揺を誘った。

試験監督の教授が俺にねぎらいの言葉をかけてくれた。

「いや、見事だったよ。スバルくん」

「そういえば、君は師弟の登録がまだだったが、どうだろうか。私の弟子になるつもりはないかね？」

「それは、残念ですけど」

「そうか。よき師と巡り会えたのだね。今回の試験結果は弟子入りの条件、といったところか……どの御仁か尋ねても？」

「あ、はい。アルティマイア・フーデルケンス女史です」

その名前を聞いた瞬間、教授は目を見開いた。

「本当に彼女が？　君を弟子にすると？」

「ああ、いえ。その……認められていないんですけど。でも！」

「……本気のようだね。だが、きっと彼女はそれでも弟子を受け入れはしないだろうね」

教授は首を横に振る。

俺も、薄々わかっていた。あの人は、成績なんかで人を判断したりしないって。でも、だったら、何で。

「彼女はね……不治の病なのだよ」

教授は心底残念そうに言う。

「……え？」

俺は、アホみたいに聞き返すことしかできなかった。

「自前の魔力が枯渇していく奇病でね。彼女は、以前、将来を嘱望された優秀な魔法使いだったのだがその病気にかかって以降、ぱったりと生きる気力をなくしたようでね。彼女の才能を見出し送り出した学園がせめてもの慰めに、とその身を預かったのだが……」

思えば、妙だった。

師匠は下級魔法しか使わず、どうしてそんな学園でも異端とされる使い方を極めていたんだろうか、とか。

時折、飲んでいたとてもおいしくはないだろう飲み物は、もしかして薬だったのだろうか、とか。

気づこうと思えば、いくらでも。なのに…………俺は自分を認めてもらいたいってそればかりで。

「その、治療法はないんですか？　その病気」

「……あるにはあるが、とても難しく。それに、非人道的だ」

「それは……！」

「輸血だよ。それも致死量に等しい血がね。しかも魔力適性が非常に似通う相手でなくてはならなくてね。見つかるかどうかも賭けなんだ」

輸血って………まさか……！

「師匠！」

息も荒く、礼儀も何もなく乱暴に扉を開ける。

師匠は、研究室の床にその身体を投げ出していた。

「師匠……！」

苦しそうな師匠を急いで近くのソファに運び、仰向けにして寝かせる。

「……スバルく、ん……」

師匠は今さら気づいたみたいに、俺の頬に手を当てて、ぽろぽろ涙を流した。

「何で……何で来ちゃったんだ。君は」

俺はそのまま、その弱々しい手を握った。冷たい。冷たすぎる。何で、こんな、こんなになるまで……。

「イヤだったのに。どうせそんな長くは生きられないから、せっかく弟子なんかとっても、悲しみしか残せないから。だから……」

師匠は、今は嘘偽りなく話をしてくれていた。

それはまるで最期みたいで、寒気がする。

「君はすごいって言ってくれたけどさ。でも、私はあの時、君に初めて魔法を見せた時、ああ、前途有望な若者は妬ましいなって。そう思ってたんだよ。私なんて、今こんなことくらいしかできないのに。何を贅沢言ってるのかって。思い知らせてやろうって、まるで老害で。自分がイヤでイヤで。なのに……何で、何でこんな私をすごいなんて。思い出させるんだ。何で……君に尊敬されたいなんて、思わせるんだ」

師匠も一人の人間だった。俺は何も見えてなかった。

「……師匠。俺の血を全部捧げれば、師匠は少しでも長生きできるんですか？」

「……どうしてそれを」

思えば、師匠の反応が変わったのは俺の血を口にした時だった。教授は輸血、という表現をしていたが、多分経口摂取でも効果は見込めるんだろう。その時に、俺が師匠にとっての適合者だと気づいた。

だから、きっと。まだ生きていたいという誘惑に負けそうで、俺にそれを告白してしまいそうで、だから、俺を遠ざけた。

「でもこれは知っているのかい？　保有する魔法使いとしての容量に差があれば必要とする血は多くなる。君がたとえ一滴残らず血を捧げたとしても足りないんだ……一時しのぎくらいにしか、ならない」

「そうなんですか」

怖気づいただろう？　と師匠は暗い笑みを浮かべるが、俺の答えはとうに決まってる。

「それでもいいです」

師匠は俺を信じられないような目で見る。

「俺は師匠に少しでも生きてほしいです。そのために俺の血が、命が必要なら喜んで捧げます」

「バカ……ばか！　何でそんな結論になるんだよ！　何で……何で……そんなんじゃ、弟子になれないじゃないか。君だって。本当に、ばかだよ……何で……」

——何で私は君の迷惑にしかなれないんだ。

『……迷惑なんだよ。こんなところで油を売ってないで、もっと有意義なことに時間を使えばいい。もうすぐ進級試験だってあるだろう？』

ああ、やっぱりそうだ。一見突き放しているようで、いっつも誰かのことを考えてる。そんな優しさだ。そんな優しさしか持てない人なんだ。

でも、こっちからすれば、師匠だってこれからなんだ。これから、病気を治して、また返り咲いて……。

「俺は、師匠の弟子になることを諦めたりしません」

「強情だよ。私にはそんな資格なんてないのに。君の師匠になんて、なれるわけないのに……」

師匠が、諦めたように笑う。俺はとっさに研究室にあったナイフに手を伸ばし、自らの腕を切りつけようとした。そんな師匠の歪んだ笑いを止めたい。そのことしか考えずに刃を突き立てようとしたところで、

「待て！　……わかったから、待ってくれないか」

止められた。

「何でしょうか？」

生きることを今さら諦めてはいないだろう、とは信じていたけど止める理由がわからない。

「確かに、血液というのは優れた魔力の媒体ではあるがそれも完璧じゃない。量が必要になるのも効率が悪いからなんだ」

「そう、なんですか……？」

じゃあどうすれば、と。師匠はなぜか顔を赤らめながらうむ、そうだね、とぼぉっとした熱を帯びた表情でゆっくりと語る。

「血液の効率が悪い理由は、流れ出た時点で既に生命ではなく物質となってしまうからだ。その時点で帯びていた魔力も霧散する」

「ほうほう」

「だから……精液が一番効率がいいんだよ。それ自体が生命の塊と言っていいからね」

「なるほ……はいぃいいいいいいいい！？？」

「私もね、色々調べてたんだよ。自分の命を救う方法を。魔法改造もその一環だし、ほら、だから……うん。きちんと、君の精液を私の身体が受け入れるように私自身が調整するから、だから、君は私に精を放ってくれないだろうか」

師匠の分厚いローブに包まれた大きなふくらみが上下しているのが目に入る。唇、首筋……それになぜかお腹のあたりにまで視線を動かしてしまい、ごくんとつばを呑む。

「いや、本当に、私なんかで射精をしてほしいというのは申し訳ないと思うのだけれど、でも……」

「私なんかとか言わないでください！」

どんだけ！　今！　抑えてると思ってるんだ！　気だるげで襲えてしまいそうな師匠に！　言わないけど！

「あ……」

既に半勃ちになっていた俺の肉棒を取り出して、先走りを交えてぐしゅぐしゅと擦る。

「その、できれば私に近づけてくれないかな？　精液を私の口に一滴残らず出す心地で。ん、とはいってもこっちも限界状態だから、一気に吐き出されても飲み込めるかどうかわからない、かな……？」

その指示の下、俺は師匠がじっと見守る中で、肉棒をその眼前まで持っていく。

「びくびくしてる。ゴメンね。有望な子供を作るための遺伝子を無駄打ちさせてしまう。せめて私が受け止めるから。だから、気持ちよくなって」

師匠があーん、と気だるげに口を開けて舌で迎えようとして突き出している。

「師匠、さっきからわざとじゃないですよね？」

「え？　何が？」

煽りとかではなく本気１００％で誘っているのだから恐ろしい。まあそれだって性的な意味はないわけだが。

「はぁ……はぁ……」

でも、まだイケない。肝心なところで、視覚的な情報に乏しい。

「あの、師匠！　失礼します！　ごめんなさい！」

あとで死ぬほど謝ろうと覚悟して、俺は肉棒を擦る右手とは別に左手で師匠の胸元を掴み、引きちぎる勢いで手をかける。

「何を？」

たぷん。師匠のおっぱいは一瞬触ったが驚くほど柔らかく、そして大きかった。そのまま触りまくりたい欲望もあったが、それをしてしまえば抑えが利かなくなることがわかって我慢する。

「す、スバルくん？　何でおっぱいを？　必要ないんじゃないのかな？　そんな、私の粗末なおっぱいなんか見ても」

粗末なおっぱい？　とんでもない、こんな美爆乳、見たことない。ひたすら柔らかそうなおっぱいは脱がしかけたローブが引っ掛かって窮屈そうに、強調するように押さえつけられている。その中心にある乳首はきれいなピンク色で。控えめなそこは何だかかわいらしくてそしてエロい。

「あ、でもますます大きくなって、興奮してくれてる？　私の身体で。なんだか、嬉しいな」

嬉しいとかそんな声かけてくるとか……そんな……！

不意打ち気味にかけられた言葉が引き金となり、ビュクビュクと精液が噴出し始める。

「ん、んく」

顔にかかった精液を師匠が飲み込む様子を見て、ますます震える。残った精液は師匠の胸にかかって、それも師匠は気だるげに拭って、口元に運んだ。

「すごい……これが、精液、なんだ……んーん、違うか、スバルくんの精液だから、こんな」

そのまま師匠は瞳を閉じて、寝入った。その顔は安らかそうで、後片付けを済ませて俺はその寝顔を見守った。

それから枕が見当たらなかったので不肖ながら俺が膝枕をして、師匠の目覚めを待った。師匠が目覚めたのは、それから数時間後のことだった。

「……あ」

「えっと、おはようございます。師匠」

「ん、おはよう」

さすがに胸元は隠したが、引きちぎってしまったので谷間が垣間見える。師匠はそれを隠すかと思ったが、そうもせず、不思議そうに俺を見ている。

「ひざまくら……かたいね」

「あはは、すみません」

「ん、私はかたい枕のほうが好き、だよ?」

そのまままたしばらく経って、お互いに向き合って話をする。

「交換条件です。俺は、師匠に教えを乞う。師匠は俺から病気の治療の為に精液を、と」

正直win-winどころか俺の一人勝ちもいいところだが、まあうん。こうでも言わないと師匠は首を縦に振ってくれないし。

「うん、それじゃあ、よろしくね」

「はい。師匠」

「…………うん」

師匠が控えめに微笑(ほほえ)んだ。けれどそこに陰はなく、やっと彼女の笑顔が見れたような、そんな心地がした。


学園に師弟関係を報告するために、俺たちは二人寄り添って、構内を歩いて学園長室へ向かっていた。師弟関係を結ぶ同士が、学園長の前でその旨を誓うというのが代々の伝統の形式であるらしい。

「うぅ……」

日頃から自身の研究室から出ない生活を繰り返していた師匠は、自分の顔を覆い隠してなお余りあるとんがり帽子を目深に被って、俺の手を握りながら後ろ手に歩いていた。

「昔はそうでもなかったのだけど、やはり人と交わらない生活を送っているとダメだね。ちょっと、臆病になってる」

普段から超然としている師匠がこうして縮こまっているのを見ると、何か……うん、可愛い。

いや、弟子にあるまじき感情だと思うけど。

「でも、スバルくんがいてくれてよかったと思う。スバルくんと一緒なら、うん。大丈夫かなって……て、師の言うことではないね」

苦笑しながら、師匠は一段と手をぎゅっと握った。

師匠と弟子。その関係はまだ少しだけぎこちなかった。

「あら、アルティマイアさん。アルティマイアさんではないですか」

ふいに声をかけられた。その声の主の正体を見やると、この学園の魔女教授の一人、ヴァレンティヌス先生だ。

ビクッと師匠は身体を震わせて俺の背中に隠れるが、首を振ってすぐに向き直る。そんな様子をふふ、と微笑ましげにヴァレンティヌス先生は見ていた。

「お久しぶりですわ。なかなかお会いできず、寂しいものと思っていましたが」

「ああ、ええ」

二人はどうやら顔見知りだったらしくぎこちなくはあるが話を合わせていた。

「ふふ、もしかして恋人さん、ですか？」

「なっ……ち、違う！　彼は、私の弟子で……」

面と向かって思い切り否定されるとそれはそれで悲しいものがあるな……。

魔女の先生はあらあら、と頬に手を当てて微笑んだ。

「これは悪いことをしてしまったようですわね。ふふ、なるほど。お弟子さんですか。可愛らしいお弟子さんですね」

俺も一応男なんですがね。

「むっ、彼は私の弟子だよ」

ぎゅっと腕をつかんで抱き寄せる師匠。あの、当たってるんですがとか言いにくい。

「ええ。ええ。分かっておりますわよ。ふふ。もしよろしければ、よき友人となれればと思います。ご相談にも乗りますわよ。色々と」

「え、ええ。その、はい」

二人は握手を交わし、魔女の先生は去っていった。

「……スバルくん、鼻の下伸ばしていない？」

そしてしばらくして姿が見えなくなってから上目遣いで睨(にら)みながらそんなことを言ってきて、

俺はどうしたものかと戸惑う。

いや、本当に伸ばしていたりしないから、そのなんだ。困る。

「師匠に友人ができたようで喜ばしいなって。ただそれだけで。頬が緩(ゆる)んでいるようなら、そのせいです」

師匠は口をポカン、と開けて苦笑した。

「そっか……そうだよね……何で私はこんなことを言ってしまっているんだか。ダメだな。もう」


そして学園長室に到着し、学園長の前に二人、直立不動で立つ。学園長はたっぷりと髭(ひげ)を蓄えた老紳士で、豪奢な椅子に腰かけて厳かに髭をさすりながら、皺(しわ)の深い顔に戸惑いを乗せる。

「アルティマイア女史。まさかこのような時が来るとは。君をこうしてこの学園に招いた時には思いもしなかった」

「色々とご迷惑をおかけしました。学園長」

「いや、責めるつもりは毛頭ないのだよ。前途ある若者の門出だ。喜びこそすれ、咎(とが)めるようなことなどあるはずがない」

そう言って、頬を緩ませて、人懐こい笑みを浮かべる学園長だったが、また心配そうに顔をゆがませる。

「ただ、スバル・アイデン君。君は……そうか。君は知っているのだね」

魔法か、あるいは眼力か。全てを見抜くような視線に射抜かれながらも、俺は首を縦に振り、返事をする。

「そうか……いや、何も言うまい。今は祝福の場。無粋な言葉を述べるべきではあるまい」

カタン、と学園長が杖をふるうと室内に光が溢れる。俺と師匠の二人を囲うように、光の玉がまるで妖精のように舞う。

「汝(なんじ)らは深き深き魔の領域を歩む旅人である。師アルティマイア・フーデルケンスは己(おの)が弟子スバル・アイデンを教え導き、また弟子スバル・アイデンは師アルティマイア・フーデルケンスをよく支え、助けなければならない」

「はい。心得ております」

作法を教えてもらっていたので、俺も師匠に倣ってひざまずき、胸に手を当てる。

「よろしい。では誓いを」

「私、アルティマイア・フーデルケンスは彼のよりよき師となることを――」

「私、スバル・アイデンは彼女のよりよき弟子となることを――」

「『誓います』」

なんだかどっと疲れながらも研究室に二人で戻ってくる。

「これで、本当にスバルくんは私の弟子になった、んだね」

ボーっとソファに座って夢心地でつぶやく師匠。

「……スバルくん、ちょっとこっちに来て？」

何でしょうか、と俺が師匠の眼前に立つと、おもむろに師匠は俺を抱き寄せた。

「て、師匠？」

「ふ、ふふふふふふふふ」

師匠はそのまま胸元まで俺の顔を持って行って、抱きしめて、頭を撫で始める。

「よしよしよしよし」

俺もソファに寝転がらされて、そのまま頭を撫でられ続ける。

「スバルくんスバルくん……スバルくん…………えへへ」

そのままつむじにキスされたりしながら数分。

「ふぅ……」

俺は膝枕されていた。

「ゴメンね。ちょっと見苦しいところを見せちゃった」

いや見苦しいなんてとんでもない。とは言わないでおこう。弟子として。

「いや、こんな時が来るなんて本当に思いもしなかったよ。弟子なんて取る気はなかったし、取ったら取ったでこんなに心満たされるなんて思いもしなかった」

弟子を取る気はなかった、というのは多分、病を患って学園に招かれる以前、魔法使いとして期待されていた時期からの話なんだろう、とは察しがついた。

そのことについて尋ねる資格は、きっと俺にはまだないいんだろう。

「膝枕、どうかな？　気持ちいい？　スバルくんにしてもらった時、とっても気持ちよくって、夢見がよかったから。だから私と同じように、スバルくんが安らいでくれると嬉しいなって」

そんな、俺なんかとは比べるべくもない。師匠の太ももはほどほどに柔らかくて、もう、天国に行けそうなくらいのあれなのに。

ただ、強いて言うなら……師匠のおっぱいって本当に大きいんだなと。

いや、何でこんな話をするのかというと、当たってるんです。おっぱいが。押し付けられているというわけではなく、ふと体勢を変えたりとかすると。むにっと、顔全体にのしかかってくるといいますか。

「……あ」

そして必然、と言いますか。師匠も気づいたようで、俺のズボンを上からさする。

「すみません」

「どうして謝るんだい？　スバルくんが私でいっぱいエッチなこと考えてくれてるのは、私のためじゃないか。いつも必死に、いっぱい、エッチなこと考えてくれるのはとっても嬉しいと思うよ」

いや、そんな無理におったててるわけでなくその。

「………それに、私の身体で興奮してくれるなら嬉しいなっていやいや、そうじゃなくって」

体勢を変えようとしたが、師匠は手で制した。

「今日はこのままでいいかな？　スバルくんはゆっくりしてていてくれていいよ？」

そう言いながら、師匠が俺のズボンから肉棒を取り出すと、待ち焦がれたようにボロン、と勢いよく飛び出す。

少し慣れた手つきで、先走り汁を手に擦(なす)り付けて、擦る。

「う、ん……ちゅ、ぇろ……」

その先走りのついた手を時折舐めて、その代わりに唾液をつけて滑らせる。

治療のためとはいえ、師匠が俺の先走りを舐めて、そして師匠の唾液が俺の肉棒に塗られていくのを想像するだけで、どんどんと興奮が高まっていく。

「ほら、スバルくんの大好きなおっぱいだよ」

師匠もまたローブから上半身だけ露出して、軽くビンタするみたいに俺の顔に押し付ける。

師匠、俺のことおっぱい魔人みたいに思ってないだろうか。イヤ好きですけど……大好きですけど！

師匠の身体にこうして愛撫（になるのかな？）するのはよくよく考えれば初めてだなと思い返して少し可笑(おか)しくなりながら、俺は師匠のおっぱいの谷間に包まれたり、顔を押し付けてみたりする。

「ん……」

師匠がびくん、と艶っぽい声を出す。乳首が頭で擦れたみたいだ。

師匠の小粒でピンク色の乳首。ごくりと息を呑んで、俺は口に含んだ。

「ふぁ、ん、ふふ……なんだか、赤ちゃんみたい」

しばし俺は無心で、おっぱいをしゃぶり続けた。

「……スバルくんの赤ちゃんは可愛いんだろうね。スバルくんに似て。いいなぁ。スバルくんの赤ちゃんにおっぱいあげたい。抱きしめてあげたい…………スバルくんのお嫁さんになる人がうらやま……ひぅん！」

乳首を軽く噛(か)んだ。

うん、まだ持つ当てすらない赤ん坊に嫉妬するなんてバカバカしいって思うけど、でも師匠のおっぱいは今俺のものなんだから、と……いや、俺は何を考えてるんだ。

「ん、ふふ、そんなに強く絞ってもおっぱいは出ないよ？」

まだ赤ん坊のこと考えてるのかな、とちょっと悔しくなって執拗(しつよう)に乳首を弄(もてあそ)んで、ぎゅっと、赤ん坊じゃできない、しないだろういやらしさをぶつける。

ぎゅーっと乳首を吸い込んで、舌先で先端を刺激して、コリコリと歯で軽く噛んだ。

「ん、ひゃ……！　そん、な、なに、これ……？」

吸盤のように吸い込んだ乳首をパッと放して、おっぱいが波打つ。そしてまた乳首に吸い付く。

すると、気づいた。乳首がぷっくりと膨らんでくるのを。

そうか……まだ師匠は準備ができていなかったのか。男と女のいやらしいこと、そういう準備がまだ。

なんて純真な人なんだろう、ってますます興奮して、俺は無我夢中で吸い付いた。

「ひゃ、んん！　あ、はぁ……はぁ……ん！」

師匠の肉棒を擦る手が激しく、そして不規則に動く。乳首を軽く噛むごとに、びくんとその手も震えて、反応があることにまた興奮する。

「はぁ、はぁ、あん！　はぁ、スバ、る、くん……スバルくん……！」

やめてほしいのか、もっとしてほしいのか。あるいは、ただ名前を呼んだだけなのか。

どれかは判別できなかったが、乳首を一度強く噛むと、甲高い声にもならない叫びをあげて、俺も同時に師匠の手の中で射精した。

「はぁ……はぁ……んぐ、んく……ご、くん……」

師匠は精を放った手をそのまま口に持っていき、急いで精液を口にした。

治療の為、なのだろうけれどその貪(むさぼ)るようなさまはまるで、官能に浮かされているようだった。

「ふわぁ……」

性が放たれて、少しすっきりとした頭だったが、今度はもやがかかりだした。

「いいよ。今日はゆっくり休んで」

師匠が慈しみを込めた手つきで俺を撫でる。

「おやすみなさい……」

そしてそのまま俺は意識を手放した。


「スバルくんのおかげで魔力も大分回復してきたように思う。今なら高位魔法を一発放っても死にかける程度で済むと思う」

「それは大丈夫なんでしょうか果たして」

翌朝、昨日よりも師匠は色ツヤが良くなっていたが、別に健康体になったわけじゃないようだ。

師匠も今の病にかかってから、自らの残存魔力量に細心の注意を払いながら生活していたのだから、問題はないとは思うけど。

「大丈夫だよ。だって今はスバルくんがいてくれるんだし、ね」

「う、いやそれはその」

いやいや、そういう話じゃなくて。師匠が無理してないかってそういう心配をしているのであって、だから俺がいるからとかそういう軽はずみに信じる前に用心を、とそういう話を……。

「え……もしかして、いてくれないの？」

しないといけないんだろうけど、差し出がましい……のか。

うん。俺は何があろうと師匠の弟子だし。絶対に毎日顔出すし大丈夫！　大丈夫なはずだ。

「そういえば師匠がいつも飲んでいたあの飲み物は？」

「あぁ、あれか……あれは魔力容量を高めるための秘薬だよ。私の病の対症療法としては確かに効き目はあって、学園の伝手で卸してもらってはいたのだけれど……そうだね、これからは減らしていこう」

「いいんですか？」

「うん。魔力適性に関係なく効能を持つ優れモノではあるが、実をいうとアレはひどく不味くてね。慣れている者でも一日に一杯程度が精々だ。だったら、スバルくんの精液のほうがいい」

「えっと……」

じっと見つめられながら言われる。いや、そんなものを比較対象にされても……とは思うんだけど。選ばれたことが地味に嬉しくなってる自分がいて。

「というわけで、その……今日も、いいかな？」

恥ずかしげに誘ってくる師匠に否という答えなどあるはずもなく頷く。

「さっきも言ったけどスバルくんのおかげで大分余裕はあるんだ。今のところ。だから、少しばかり色々と試行錯誤してみるのもいいと思う」

「試行錯誤、ですか」

「うん。今まで私は精液を経口摂取していたわけだけれど、それよりも効率のいい方法があるのではないかな、ということだよ」

効率のいい方法……まさか。

「……それで、その、つかぬことを聞くのだけれど…………………スバルくんは童貞、かな？」

「わひゃい！」

まさか、まさかとは思うけれど！　師匠がもじもじと指を合わせている股のあたりを注視してしまい、ごくり、とつばを呑む。

「ど、童貞ですけれど」

「……そうか。うん。そう、だよね。ゴメン。忘れて」

選択肢を間違えたのだろうか。しゅん、と残念そうに委縮する師匠を見て、俺もそんな師匠に踏み込めずにいた。

「それで、だよ。実験の一つとして、本当に無駄打ちになってしまうかもしれないけれど、協力してくれるだろうか」

「ええ。それは、はい。師匠さえ大丈夫なら、それでいいです」

「……私のことを第一に考えてくれているんだね。ありがとう」

嬉しそうに微笑む師匠に俺は何とも言えなかった。

一瞬、ひょっとしたら師匠と身体を合わせられるのではないか、なんて下心を抱いてしまうが、これを知ったら、師匠はどう思うんだろうか？

『そうか……男の子だもんね。仕方ないよね。おいで?』

両手をいっぱいに広げて俺をベッドの上に誘う裸の師匠を一瞬、妄想してしまって頭を振った。

仮にそんなことがあったとしたら、ダメだろう、責任感でそんなことさせちゃ。っていう理性とともに、もし仮にそうなった場合、なし崩しに襲ってしまうんだろうな、という欲望がせめぎ合う。

「それで……」

そうこうしているうちに、既に師匠はローブをはだけておっぱいを露出して俺の股間にひざまずいていた。

「私の口を使わないで、射精させたいと思うんだ。皮膚接触だね。それで、スバルくんがどうすれば一番気持ちいいのかって、私なりに考えたんだけど」

おっぱいにくぎ付けになって既に勃起している肉棒が、師匠の手によって飛び出す。その滑らかな質感に唸る前に、師匠の身体に向かってそそり立つ肉棒はその大きいおっぱいにすっぽりと包まれる。

「こういうのは、どうかな?」

両手で挟み込んで、たぷん、と揺らし振動させる。それだけでおっぱいに包まれている肉棒に快感が走った。

「痛かったら言ってね? 私の身体の一番柔らかいところで触っているから、大丈夫だとは思うんだけど」

そのまま前後に動かそうとするが、滑りが悪くうまく行かない。

「ゴメンね、どうすればいいのかな？　涎を垂らしてみようか」

いったん肉棒からおっぱいを離して、労わるように擦る。すると、先端から先走りが出てきて、
師匠は「あ」とつぶやいた。

「これを、ん、おっぱいに塗りたくって」

師匠は自らが汚れることなど気にせず、俺の肉棒から出てきた先走りをそのキレイなおっぱい全体に塗りたくるようにしていきわたらせる。その際に沈み込むおっぱいの柔らかな感触に、喘ぎ声を出しそうになるのを人知れず我慢する。

「はぁ……はぁ……スバルくんの、匂いがする」

先走りがおっぱい全体に広がって、ぬるぬるとした感触で勢いよく滑る。それと同時に、おっぱいがぬらぬらと光って、俺が汚したマーキングのようで、征服欲に似た情動に突き動かされる。

「んん、はぁ……はぁ……苦しいのかな？　スバルくんのおち○ちんが、私のおっぱいの中で泣いてるみたいだ。ゴメンね？　気持ちよくなりたいんだよね？」

師匠のおっぱいは確かに心地よいのだが、射精を促すには今一歩足りないもどかしさ。先走りは大量に溢れて、確かに師匠の胸の中で泣いているみたいだった。

「ん、ゴメンね。スバルくん。手伝ってくれるかな？　スバルくんが一番気持ちいい動き方、お

っぱいに教えて。スバルくんが気持ちよくなるために私のおっぱいを使って」

師匠のお願いに、俺は師匠のおっぱいを乱暴につかんで腰を思い切り動かした。

パンパン、と肉がはじける音が響くくらいに激しくて、勢いで師匠のおっぱいがいやらしく跳ねる。

「はぁ……す、ごぃ……よ、そうなんだ、スバルくん、こんなに激しく私のおっぱいに出そうとしてくれてるんだね。なんだか、私の胸、いっぱい、だよ」

師匠の熱い吐息がかかる。獣みたいに喘ぎながら、さらに激しく打ち据える。そして師匠のおっぱいに肉棒をすっぽりと包んだまま、その中に二度三度と震えながら、どぷっと吐き出した。

「はぁ……あつい……それに、こんなにたくさん」

湯気が立ち込めそうなくらいの熱に浮かされて、ゆっくりと肉棒を離すと、そこには師匠の胸の谷間に大量の吐き出された精液が溢れていた。師匠は落ちそうになるそれを必死に胸を寄せて止めようとするが、何滴かはへそを伝って足元に落ちていく。

「ん……」

そういえば、今日の目的は皮膚接触、だったか。

師匠は精液のついたおっぱいを拭うこともせず、ぐにぐにと動かして精液を肌にすり込もうとしている。

「ん、あぁ……ダメみたいだね。あんまり効果がないみたいだ。ゴメンね、協力してもらったの

に。おっぱいじゃ赤ちゃんだってできないのに。無意味に射精させてしまって」

精液まみれのおっぱいの師匠に俺は辛抱たまらずその肩を掴む。

「……あの、師匠。俺、まだ大丈夫ですから。今度は、ちゃんと師匠の口に出します」

「あ……」

眼前に突き出した肉棒に、師匠はぱぁっと目を輝かせる。

「ゴメンね、スバルくんのおち○ちん。今度は、ちゃんと飲んであげるから。だからもうちょっと頑張ってね」

そうして、師匠はまたおっぱいを寄せて今度は先端を出すようにして露出した亀頭を口に含んだ。

「んん～……ちゅ、ぇろ、ん」

口づけるリップ音と、伸びてくる舌先。おっぱいに包まれる心地よさ。それに加えて、精液にまみれたおっぱいの見た目にどんどんと性感が高まる。

「んん!?」

しかし、口の感触も加わっておっぱいに向ける注意が削がれているようで、先ほどと同じように俺はおっぱいを掴んで肉棒を突き動かす。

「や、ちょ……スバ、る、く……そこ、ちくび、で」

師匠に言われて、俺の手のひらが師匠の乳首にあたっていることに気づいた。

それで今度は、親指と人差し指で絞るように摘まむ。

「っ!! だ、ダメ、だよ……そんな……と、こ……!」

コリコリと指を動かしていると、師匠も負けじと舌の動きを激しくする。

「んむ、あむ、ちゅ、あぁ……はぁ……はぁ……ッ!!」

そして思い切り乳首を引っ張ったとき、師匠が仰け反って師匠の歯がカリを掠めたところでその刺激に耐えきれず師匠の口の中に射精した。

「ん、ごく、ごく……はぁ……はぁ……」

「あ、あの……師匠……」

二回吐き出して冷静さを取り戻す。俺は、師匠がやめてほしそうにしてたのに、ついつい暴走してしまって……。

「ううん、いや、いいんだ。スバルくんが気持ちよくなってくれたのならそれで。私はそれを受け入れるって決めたんだから。だから、気にしないでほしい」

「……師匠」

「………それに、私もやめてほしくなかったし」

「何か言いましたか？」

「何でもないよ」

それから、二人で後片付けをしていたのだが、師匠は時折、心ここにあらずといった様子でぼーっとしていた。

　その日も、師匠はぼーっとしていた。

「……ハぁ……」

「師匠……？」

「……ハッ、ゴ、ゴメンね……その、何の話をしていたっけ？」

「本当に大丈夫ですか？」

　時折、心ここにあらずといった感じで溜息を吐いているし。引っかかるのは、溜息が妙に湿っているというか……色っぽいというか。

「そうだね。私も身が入らないし、今日の講義はこのあたりにしておこうか」

「そうですか……あの、もしも体調が悪いのでしたらこのまま帰って……」

「待って！　大丈夫だから！　大丈夫だから、帰らないで……」

　立ち上がりかけたところをぎゅっと袖を握られて、また座る。

「……今日は、その。うん。スバルくんってさ。キスの経験ってある？」

　師匠は唇に手を当てながら尋ねてくる。

「キスですか？　いや、その……」

　師匠のぷるんとした唇に見入ってしまってしどろもどろになる。師匠は意を決したように一つ頷いて、言う。

「今度は、だね。スバルくんの唾液で回復できないかなって。そう思うんだ。そうすればさ、スバルくんのおち○ちん擦ってる間にキス……して、もっと効率よく回復できるんじゃないかって思うから！　だから、その……」

「は、はい。その。分かりました」

「……ん」

そこで躊躇（ちゅうちょ）するのも今さら過ぎる話ではあるような気もするが……師匠、キスの経験とかもないだろうに、やっぱり葛藤（かっとう）があったんだろうか。あるんだろうな……そういえば何で俺にキスの経験とか聞いてきたんだろう？　やっぱり経験者のほうがいいのかな？　俺、よくわからんし……いかん。緊張してきた。

「それと、だね」

「何でしょうか！」

「うん。治療とは関係ないのだけれど。その、私の身体に触ってほしい」

「……はい？」

「ああ、うん。触ってほしいというのは適切じゃないな。慰めてほしい……ああいや、愛撫してほしいって言えば伝わるかな？」

愛撫って……射精とは関係なしにその身体をまさぐっていいってこと!?

「恥ずかしながら、スバルくんが気持ちよくなってるところばかり見ていて、私のことはどうでもいいって、そう分かってはいるんだけど……持て余してしまうんだ。スバルくんにおっぱい舐められて、揉まれて……それで、身体が熱くなってしまって。しばらくすれば治るかなって思ってたんだけど、ダメなんだ。今日も上の空で迷惑をかけてしまったし……」

「ええっと……つまり、師匠、溜まってらっしゃる、と?」

師匠は顔を真っ赤にしながらもうなずいた。

師匠に連れられてこの研究室の奥にあった寝室に案内される。師匠はずっとここで寝泊まりをしているらしい。

ついた先は小さいベッドが一つだけの、こじんまりとした部屋だった。窓もないが部屋の隅にある鉢植えのおかげかじめじめした印象はなく、どこか澄んでいて……なんだかいい匂いがする。

「……あぁ、そうだ。うっかりしてた。こんなことをするなら、ちゃんとシーツは取り換えておくべきだったのに」

師匠はベッドの端にポツンと座りながら、もじもじとシーツを掴んでいた。

てことは、師匠の匂いがそのまま残ってる?

その想像に行きついて、俺は思わず勢いのまま師匠を押し倒してしまう。

「……」

「……」

しばし無言で、やがて師匠がゆっくりと瞳を閉じて唇を突き出した。

「ん、ちゅ、あ……んく」

最初は緊張して唇だけを押し当てていた。唇の柔らかさだけで頭が沸騰しそうだったが、やがて目的を思い出して、唇をそっと開いて、舌を入れる。

「んん！　ん、あ……はぁ……」

師匠は唇を固く閉じていた。それはまるで臆病な小動物のようで、俺は撫でるように舌で誘う。

どうか、中に入れさせてください、と。

歯並びのいい歯を歯ぐきから一本一本なぞるように舐める。それだけでも気持ちいい。

「ぷ、ぁ……あ、く……」

やがて口が開いて、師匠の口の中に溜まっていた唾液の味が俺の口内に広がる。

甘い。もっと欲しいと思って思わずがっついて舌を追い詰めてしまう。

「んん!?」

その拍子に、追い詰めすぎたのかおそらく本能的に師匠の歯が俺の舌を挟む。

じわりと鉄の味が広がる。

「ほめんね……ほぇんぇ…………」

ぴちゃ、くちゅ、と師匠の舌が伸びてきて、俺の舌をなぞるように、労わるように舐めてくる。

（ああ、そういえば、血、も効果があるんだっけ）

と、思い出した。これはこれで、師匠の助けになるのなら、とそのまま舌を絡めて、やがて血の味も塞がる。痛みもなく、ただ気持ちいい。

差し出せる血もないのなら、と俺は思い返して舌を引っ込める。

「んんん……んんー……」

師匠に拗ねるように袖口を握られる。もう傷はないのにちろちろと控えめにこっちまで舌も伸びてくる。

俺も早く早く、と唾液を溜めて舌に乗せて、侵入しつつあった舌に絡める。

「ん！　あむ、ぇろ……くちゅ、ぺろ……」

絡む水音が頭の中に直接響く。そのまま舌を押し込んで、垂らす。徐々に、その舌で味を感じなくなっていく。それはつまり、普段の俺の口の中により近くなっていくということで、この人を染め上げているということだと気づいて、いっそう舌を絡めて、犯す。

「はぁ……はぁ……」

お互いに酸素を求めて、口を離し、見つめ合う。

師匠の顔は赤く上気して息も荒く、口の周りは涎まみれだった。俺も同じような顔をしているんだろうか、とお互いになんだか笑いあった。

「師匠、その、どうですか？　上手く行ってる、んでしょうか？」

「……もっと」

師匠は質問には答えず、俺の頭を抱えて強い力で抱き寄せた。

「ん、ぴちゅ、あむ……ぇろ……んく」

これが師匠の助けになっているんだろうか。溶けあっていくような気持ちよさの中で、どうでもよくなりそうだった。

でも、師匠が求めているんなら、まあそうなんだろうななんて、言い訳みたいに感じていた。師匠にもっと気持ちよくなってもらいたい。もっと気持ちよくしたい。そう思って、俺は師匠の身体に手を伸ばす。

「んん！」

胸に手を伸ばして、一瞬、びっくりしかけた師匠だったが、恥ずかしそうに俺の頭をさらに抱き寄せるだけで、抵抗はしなかった。むしろ、脱がせやすいように身じろぎする。

何だか、恋人同士の交わりみたいだな、なんて身体がさらに熱くなった。

胸板に感じる師匠の素肌のおっぱい。師匠に頭を掴まれて見えないのが残念だけれど、その分両の手でまさぐる。大きい。両手で揉みしだこうとしてもまだ全貌が把握できないみたいで、沈み込む。

母性というか、人としての大きさでいつも俺を包み込んでくれている、その象徴みたいだった。

こうして抱き寄せてみて、ああ、俺より身長が小さかったんだと初めて気づくくらいだ。

「あ、ん……んぷ……」

それでも何とかこの人に俺を刻み込んでやりたくて、その力を強めておっぱいを愛撫する。気持ちよくなってほしくて、俺に求めている全部を満たしてほしくて。認めてほしくて。

ぎゅっと乳首をつまんで、コリコリと弄ぶ。はじめは身体を強張（こわば）らせていた師匠だったけれど、次第にとろん、と身体から力が抜けてくるのを感じる。

「ん、ぁあ……はぁ……ぁん……くちゅ、ぴちゅ……」

喘ぎ声が口から直接脳内に響く。師匠も、感じてくれている。その実感が俺を大胆にさせる。

小さめの乳首が手の中でぷくっと膨らんでくるのを感じて、痛くならないように細心の注意を払いながら、さらに引き出すように引っ張り上げる。

「ふぁ、はぁ……んくちゅ、あぷ……ぇろ……んんんー！」

喘ぎ声を隠すようにキスしてる師匠の舌もどんどん大胆になっていく。俺もどんどん気持ちよくなってくる。

ギンギンに窮屈になった肉棒をボロンと取り出して、まるで子宮を直接叩こうとするみたいに師匠のお腹のあたりに擦り当てた。

左手でまだおっぱいを撫でながら、今度はお腹に手を当てる。師匠のウェストに触れたことは今までなかったからわからなかったけど、細い。大丈夫なのかと心配になったけれど腰まわりはまた肉づきがよかった。お尻に手を当てると、おっぱいに比べて若干筋肉質かなと感じたがやっぱり柔らかい。むっちりとした柔らかさだった。

そして、そのまま太ももを伝って、師匠のおま○こに手を伸ばそうとすると、

「だ、ダメ!!!」

何事か、師匠が唇を離してでも叫んで、けど、俺も我慢できない。

「師匠、ダメですか？　俺が触っちゃダメなんですか？　受け入れて、くれないんですか？」

何でも受け入れてくれる、っていう師匠の言葉を利用して、ズルい駆け引きをする。

「そうじゃ、ないけど……」

でも師匠も既に身体に熱が入ってて、その言葉に力はない。師匠のおま○こが濡れてるのは、太ももを伝ってる愛液で既に立証済みだ。

でも、なんでだろう。何でそこまで師匠は拒否するんだろうか。

「………キライに、ならないでね」

聞き間違いを検討するくらいに場違いなことを言われて、尋ね返す前に師匠はまた俺の頭を抱き寄せてキスに没頭する。

何も考えたくないように、ひたすら舌を絡めてきて、俺もそれに乗って、そして右手で師匠のおま○こを探る。

師匠もお尻をあげてたどり着くための手助けをしてくれる。師匠も俺に触ってほしいって思ってる。

なのに、拒否する感情がある。その答えを求めて、既にその役目をはたしていない下着も剝ぎ取ると、ようやくわかった。

ぴったりと閉じた陰唇に、クリトリス……さらにその上。そこにあるべき陰毛が、生えてなかった。

「うぅ……」

そのあたりを右手で撫でて確認していると舌の動きすら止めて、師匠は泣きそうになっていた。

そうか……師匠のコンプレックス、だったのか。

「師匠……」

「な、なに？　スバルくん」

「大好きです」

それだけ言い捨てて、俺のほうから唇を絡めて、師匠が何も言えないようにする。ただただ愛する。大好きだって伝える。キライになるわけないだろって。

ぴったりと指を拒否するように閉じ切ったおま○こも、指を差し入れれば食いつくように締め付けてくる。逃さないように。

軽く、傷つけないように抜き差しすると愛液が溢れてきて指を濡らす。その愛液をクリトリスに擦り付けて、くにっと握ってやる。

「ん……んんーー!!」

ぷしゅっと愛液が大量に溢れ出て、膣内が痙攣(けいれん)する。

イった……イかせたんだ、と達成感が胸にこみあげて、ビクビクとこらえ性もなく肉棒が暴れる。

「師匠……今日も、また精液、捧げたいんです」

俺は熱に浮かされるように、師匠のおま○こに肉棒をあてがう。

「い……入れちゃ、ダメ……それだけは、ダメだよ……」

怯えるように師匠は言う。

そうか、ダメなのか……と俺はそこまで落胆はしていない。そうなのだろうな、と思ってた。

きっとまだ師匠が俺をそこまで受け入れてくれるには早いのだろうなって。

でも、せめて触れ合いたい。そこからなし崩しにって、そんな狡(ずる)いことを考えてしまう。

熱い。陰唇の上を滑るように、クリトリスと擦り合うように、正常位みたいに師匠の腰と俺の腰を合わせる。

それ以上、言葉を交わす前にまたキスをして、ゆっくりと腰を動かす。

「んん、んふぅ……ァ……はぁ……はぁ……」

その瞬間に射精しそうだった。どこへ行くの？　って師匠のおま○こが引き留めているような錯覚を起こしそうで、クリトリスの上を滑るとコリコリって刺激が裏筋を刺激してた。

師匠の反応もビクンビクンって常にイってるみたいに、震えてる。

怖いくらいだ。これ以上、先の快楽なんてあるんだろうか、覚えてしまっていいんだろうか。って。

「スバ、ルくん……」

切なそうに唇を離して、でも頭を抱えたまま、間近で耳に直接伝えるように、師匠は言葉を紡ぐ。

「ぎゅってして…………何も考えられなくなるくらいに近くにいて」

師匠も怖いんだ。気持ちよすぎて。これ以上を求めてしまいそうで。この言葉を最後にして、

師匠とキスしながら、腰を激しく動かして。その拍子に師匠の中に入ってしまえばいいなんて、そんな狡い考えもあったけれどそんなのどうでもよくなるくらいに、師匠の身体は気持ちよすぎた。太ももに肉棒が当たっても、股の間に挟むようにしても。

ビュルル！　ビュク！　ビュク！

いつ射精しはじめたのか気づかないくらいに、大量に師匠の身体に精液を放っていく。

「あっ、熱い……スバルくん……」

白濁液を受けながら、師匠もまた、ビクンと身体をのけ反らせた。

師匠は気だるげに、胸元まで迫っていた精液を掬って舐めていたのだが、

「ッ!!　ッ!!」

やがて、何かに気づいたように身体をビクンビクンと震わせる。

「師匠……？」

「な、何でもないよ……えっと、後片付けは私がやるから、今日は、もう帰るといい……」

「は、いやその……」

「いいから！」

強い口調で追い出される。ピロートークを楽しもう、とまでは言わないけれど、師匠もまた辛そうで、何かに動揺しているようで、追い詰められているようで何も言い出せなかった。

ふと、部屋を出る前に師匠の身体を見る。陰毛の生えてないつるつるのおま○こ。そこに俺の精液がたらりと垂れて、侵入しようとしているのが見えて、慌てて目を逸らした。

※※※

スバルくんがいなくなって、寂しいなって思ってしまう。

ひとりで後片付けをしているのはとかく惨めだ。

「ん……！」

けれど、スバルくんに見られるわけにはいかない。こんな、あさましい姿。

「はぁ……はぁ……」

いったん冷めかけた熱もすぐに戻ってくる。スバルくんが放った精液がまだあるからだ。

私はそれを手に取って……自分のおま○こに擦り付けた。

「ひぐぅ……！」

ただそれだけなのに、私の身体は敏感に反応する。そのまま私のおま○こに染みつかせるようにして、奥に。奥に押し込む。ドロドロの白くて、濁って、美味しい精液を膣内に押し込む。

「あむ、んむ……」

それだけに飽き足らず、口の中にも飲み込んで唾液で溶かしこんで堪能する。

濃い。スバルくんの匂いが、濃い。

あんなにキスしてもらったのに、まだ足りない。

キス。そう、キスだ。あ、そうだ。ちゃんと、スバルくんのキスだって役に立ったんだよって教えてあげないと。じゃないと、二度とキスしてくれない。

ううん、違う。ちゃんと効果はあるんだ。ウソを吐いたわけじゃない……ただ、

「ファーストキス、か……」

費用対効果というか、そこには疑問がつくんだ。スバルくん、キスは初めてだって言ってた。なのに、私なんかのためにそれを捧げてくれた。

言ってしまえばやらないよりはマシ、程度で。あの薬湯よりも効き目はない。だから、いっぱいいっぱいキスしてほしい、とかそんなこと言っちゃいそうになる。そうじゃないのに。掛けるべき言葉はそうじゃないとわかってるのに。

効果、という話であるのなら、それよりも大きな発見があった。いや、予想出来ていたという

かある意味当然というか。

「ふぁぁ……！」

スバルくんの精液を膣内でかき混ぜる。と、同時に今までにないほどに体内に魔力が巡るのを感じる。

精液を受け入れるのであれば、口よりも膣内のほうが効率的。そんなことはわかりきっていたのだ。

もし、もしもこの奥でスバルくんの精液を受け入れたら、それはきっと今よりも劇的な効果をもたらす。そっちのほうが、スバルくんを早く解放できるんじゃないのか？

――だから、スバルくんの童貞を奪っても許される。

そんな悪魔のささやきで、私はまた絶頂を迎える。

「あっ、ダメ……なのに……ンンッ、イクッ……ハァ……はぁ……はぁ……」

切ない……。絶頂を迎える時にスバルくんがいないのが、抱きしめられてないのがこんなにも空しいなんて。

男の子にとって、初めての相手っていうのはとかく大事なものらしい。それくらいは、そのあたりの知識に乏しい私だって知っている。

スバルくんの将来の相手に……それを考えると苦しくなるけれど……私の治療の為にスバルくんの初めてをもらったんですよ、なんてそんなことを言えるのか？　私だったらそんなの許せないんじゃないかと思う。なんて私がまるでスバルくんのお嫁さんになるみたいなそんな……えへへへへ。

こほん。まあともかくとして。悪い思い出にしてはいけないと思うんだ。全然気持ちよくなかっただとか。無理矢理奪われただとか。そんなのはダメだ。

とはいっても、どうすればいいのか……その道しるべとなりうる知恵は、私が持っている本には載っていない。

私はすっかり暗くなった学園の構内を歩いている。その一室、目的の場所にはまだ明かりがついているようでとりあえず一安心だ。

「あら、何か質問でも……て、アルティマイアさん？」

訪れたのはこの前、スバルくんと弟子入りの誓いをする時に出会ったこの学園に所属する同僚の魔女だ。

彼女は突然の訪問にもかかわらず、歓迎してお茶を出してくれた。

「あぁ……すまないが、名前は何と言ったっけ」

お礼を述べようとして、必要なことを覚えていないことに気づいていなかった。

「ふふ、もう何回か自己紹介しているのですが、またお忘れになってしまいましたか？　もっと他人に興味を持たれた方が……いいえ、余計なお世話ですね。私の名前はクレスティア・ヴァレンティヌスと申します」

「そうか……すまない。よろしくクレスティア女史」

「んもう、クレスでよろしいですわ」

気分を害することもなく、名乗ってくれた。気立てがいい。私などとは大違いだと自嘲するとともに、彼女であれば相談相手として信用できると感じる。

「それで、何か御用でしょうか？　ああいえ。あなたが私の元まで訪れるというのはよほどのこと、とお見受けしましたが……」

「うーん……そうだね、魔法についていつか語り合いたいところではあるけれど、今日はその、別件なんだ。決してあなたの英知を軽んじているというわけではないのだけれど」

「ふふ、わかっておりますわ。私としてもアルティマイアさんが疑問に思うようなことに、答えを導き出せるかと言われれば少々自信がありませんから、正直助かります。それで、何でしょうか。お話とは」

うむ、と我ながら歯切れ悪く頭の中を整理する。

「実は、だね……君に（男の子にとっての）憧れの初体験というものについて、相談に乗ってほしいんだ」

「まあ……（女の子にとっての）憧れの初体験、ですか？」

若干早口で言ってしまったが伝わっていることと思う。彼女も目を輝かせて話に乗ってくれる。

うん、やはり彼女に相談してよかった。

「そうですわね……やはり身体だけを求められるというのはイヤですね」

「む、そうなのか」

「ええ、そういうのはわかるものですもの。視線や、態度などで」

「……そうなんだ……」

大丈夫だろうか。スバルくんに、イヤらしい師匠だと見限られていないだろうかと今までの態度を振り返る……。

「ですから、まずはデートをしてムードを盛り上げる努力が欲しいですわね。とはいっても殿方というのはこういう時に遠慮してしまうもの。ですから、こっちから誘ってサインを送るのがよいかと。それに乗ってこないなら、まあそれまでなのでしょうね」

「なるほど。こっちからデ、デートに……」

治療とは関係なくなっていくような気がするけれど、でも、必要というのならやぶさかじゃない。決して！

でも、私にできるんだろうか……この学園で研究室に引きこもるようになる以前から、人付き合いが得意な方ではなかったし。そもそも、だ。ムードとかそういうのを考えたことがない。

「こういう時には殿方を立て、きちんと甘えるというのもある意味女性の務めというものでしょう」

「そういうものなの……？」

スバルくんを年上としてリードしなければと思っていたけれど、それはそれで時としてスバルくんの為にならないということ？　……ちょっと寂しい。

でも、何だろう。そんな時が来るのかな、なんて想像したら、ちょっと顔が熱くなってくる。

「歩くときに腕を組んで少し体重を預けてみたり、ですとか」

「ッ!!」

いいのかな？　それでスバルくん喜んでくれるのかな？　スバルくんおっぱい大好きだし……。

「そ、それで、だ。おススメのデートスポット、などはあるだろうか。このあたりで」

「そうですわね……学生同士のお付き合いなどであればまた別でしょうけれど、ムードを高めるためには記念日にしか来ないような高級なレストランなど、少し背伸びをしてほしいところですわね」

なるほど。大人のお付き合い……を、するわけだしね。大人なところを見せる必要はあるよね。

「この学園の近辺でいうと……少し遠いのですが『トリスメギストス』というレストランがおススメです。雰囲気もよいですし、お酒も質の良いものが取り揃えられていますす」

「お酒……」

「乱暴なのは論外ですけれど、お酒の力で少し大胆になってみるのもいいのではないでしょうか。少し酔ってしまったみたい、と言って寄りかかってみたり、暑い、と服を捲(まく)り上げてみたり」

お酒の力ってすごい。

「それとここが重要なのですが、このレストランの近くには高級宿があるのです。夜景もキレイで、（女の子が初体験を迎えるには）最高の雰囲気です」

高級宿か……。夜景を眺めながらほろ酔い気分でふかふかのベッドに誘って……確かに（男の子が初体験するには）最高だ。

「「は～～～」」

ため息が漏れたと思ったら、彼女のと重なって、どちらからともなく笑みがこぼれた。

うん。彼女に……クレスに相談して正解だった。

「あー……でも多分、ドレスコード……あるよね。そのお店」

「ええ、まあ……」

「いや、恥ずかしながら手持ちのドレスが無くて……」

多分、スバルくんも持ってないし……というか持っていたとしてもどうすればいいんだろう？

スバルくんに一緒にご飯食べようとでも誘うまではいいとしても、学生のスバルくんが制服以外で来るわけないし。

「ふふふ、いいですわいいですわ」

しかし、クレスはこんな逆境すらも素敵に変えるらしい。さながら魔法使い。いや、普通に魔女だった。

「ドレスがないなら買いに行けばいいのです。ええ」

「なるほどそれだ！」

でもスバルくんにいきなり服を買ってあげるって言っても……。

「多少値が張るかもしれませんが、自分がこれから脱がす楽しみの上であれば断らないでしょう」

脱がす楽しみ……とか、そんな。スバルくんが脱ぐ必要は……いや、見たい。

うん。これで決まった。これからしなければならないことを整理してみよう。

私は、これから綺麗なドレスを買って、クレスにメイクとかも手伝ってもらって、大人な女性として、スバルくんをエスコートする。

それで、スバルくんにはまだハードルが高そうなレストランに誘って、美味しい食事とお酒を楽しんで、お酒に酔ったスバルくんを介抱するために高級宿に寄って……そこで、誘う。

うん。これでいいよね？　スバルくんにとっていい思い出で、私がスバルくんの童貞奪っても、許されるよね？

多分、研究室で事情を話してもスバルくんは優しいから全部背負って受け入れてくれるかもしれない。けど、冷静に考えてやっぱりダメだって拒絶されるかもしれない。それが怖いから、こんなズルいことしようとしてる。

ゴメンね。スバルくん。純粋に慕ってくれているスバルくんを、私の下心で騙(だま)すような真似して、それで肉体関係を結ぼうとしてる。その代わりに、その日はいっぱい、気持ちよくしてあげるから……。

※※※

師匠の様子がなんだかおかしい。講義が終わってすぐさま師匠の研究室へ行っても不在になっている。こんなことは今までなかった。

やっと会えたと思って師匠の手ほどきを受けて、いつものように……と思ったら顔を真っ赤にして、

『ゴメンね、ちょっと、今日は用事があって……』

と、足早に逃げるようにして断られた。

（……やり過ぎたんだろうか……）

師匠がはっきりと拒まなかったら、師匠の身体をあのまま最後まで貪ってたと思う。曖昧な返事くらいなら、そのままなし崩しで。

そういう下心を向けられて……困っているんだろうか。師匠は全部受け止めるって言ってくれたけど、だからこそ俺の男としての欲望を受け入れようとして消化不良を起こしてるのか。

でも、師匠とずっとすれ違ってたなんて思いたくない。師匠だって気持ちよくなりたいって言ってたし、少なからず心が通ってるはずだ……ていうのは、俺の妄想なんだろうか。

「はぁ……」

堂々巡りだ。せめて、師匠が無事ならって思う。俺と顔を合わせづらくても、だからって前みたいに生きることを諦めるようなことはやめてほしい。なんて結局、そばにいる理由が欲しいだけなんだろうか。

「……ん？」

幻覚かと思った。悩みながら歩いていたところに、腰まで伸ばした長い髪と、地味な色のローブの後ろ姿が目に飛び込んでくる。

しかし、曲がり角にさしかかったときに見えた横顔は、紛れもなく師匠だった。

「ししょ……」

声を掛けようとして、止まる。

師匠はある研究室の前でノックをした。出迎えたのは師匠と一緒に構内を出歩いたときに会ったヴァレンティヌス先生。何を話しているのかはわからないが仲睦まじげに、ちょっと慌てたり頬を膨らませたりしながら、中に入っていった。

「……はぁ……」

気づかれないように物陰に隠れながら溜息を吐いた。師匠の用事っていうのが何なのかはわからないけど、それは俺より大事なんだろうかとかそんな情けないことを考えそうになる。

そんなんじゃダメだよなと思い返すが。同性、というのもあるんだろうけど師匠のあんな顔は初めて見て、俺も師匠のあんな顔を間近で見たい、見せてほしいって思う。

そのために、とりあえずは師匠に恥じないように励もう。

あぁ、でも……ムラムラする。今日で三日。師匠から毎日のように搾り取られていたせいか持て余し気味だ。少しは抜いたほうがいいんだろうか。

『ゴメンね。君には迷惑をかけてしまうけれど。自分で慰めないようにしてほしい。無為に吐き出したりしないで、君の精液をすべて私に吐き出してほしい。その代わり、私も頑張るから。君に決して我慢なんてさせないから。講義だけじゃなくって、いつでもここに来ていいから、ね？』

師匠の言葉が浮かんできて、止めようと思う。我慢ではなく、師匠の前で吐き出さないと多分もう満足できないからということで。


「スバルくん、この後、時間あるかな？」

師匠の講義が終わったと思ったら、突然そんなことを尋ねられた。

「はい、大丈夫です」

即答である。何をおいても師匠との時間であれば優先するに決まっている。

「そ、そう」

にしても師匠、妙に声が上ずっているような……いや、俺もだろうか。久しぶりに、その……

期待、してしまってる。

「それなら一緒に食事でもどうかな？」

「はい？」

しまった。残念そうにしちゃダメだろうって。

師匠も、まだ俺と以前のように触れ合うには時間がかかりそうだから、一緒に食事でもして紛らわせようって。そういうことなんだろう。

「それじゃあ、校門前で待ってて」

「え？」

どこへ行くのかわからないが、一緒に行けばいいのに。と思うのだけれど……仕方ない。俺は先に退出して、師匠を待つことにした。

待ってる途中で、あ、何かこれデートみたいだなと思った。なんて、ハハハ……にしても師匠、遅いな……。

※※※

「どうですか？　マイアさん」

スバルくんと別れてから急いでクレスの研究室まで行って、秘密裏に購入して預けていたドレスに着替えてメイクをしてもらう。

ドレス選びとメイクを教えてくれるだけでいいと思っていたんだけれど、クレスは手ずからメイクを施してくれて、髪まで整えてくれた。いつもは前髪で隠している瞳まではっきりと姿見で反射して、何だか恥ずかしい。

「こ、これが……私？」

でも、姿見の前の私は、自分でも信じられないくらいに綺麗だった。思わず手足を動かして、本当に私なんだろうかと疑ってかかったくらいだ。

「とっても良くお似合いですわ」

「ありがとう。クレス」

「いいえ。お礼には及びませんわ。元々、私、おとぎ話のシンデレラに出てくるような魔女になりたい、というのが小さいころの夢でしたので。ですから、お気になさらないでください」

「……素敵な夢だね」

以前の私なら、それを認めることができたのかわからないけれど。でも、こうして手を差し伸べてくれる魔法使いがいてよかったって思う。

「これならスバルくんも喜んで……ハッ」

しまった。今までスバルくんの名前を出さないようにしてたのに。

こんな、思いっきりデートで、下着選びから気合を入れて、どっからどう見ても誘ってる。その相手がスバルくんだって知られたら、迷惑がかかるんじゃないか？　って、思ってたのに……。

「やはり、あの可愛いお弟子さんだったんですのね、お相手は」

どうやら私の杞憂だったらしい。

「……アルティマイアさんの置かれている境遇、私も知っているつもりですわ。ですから、最期までどうか……お幸せに」

曖昧に頷く。彼女にとって私たちは、余命幾ばくもない悲劇の真っただ中にあるように見えているのだろう。この先どうなるか不明な以上、正しいといえば正しいが誤解といえば誤解だ。

少なくとも魔法使いとして、私は既に死んだも同然とみなされている。生物学上の死、息を引き取るのも時間の問題。それが学園ひいては世間の見立てで、それは当然だ。

実はそれも徐々に回復の方向に向かっている、というのは話しにくい。今は私自身の身体で実験しているような段階だし……そもそもこれで回復したとしても発表できないしね。

いつか……私が『奇跡的に回復』を果たした時にでも、彼女には真実を話そう。力になってくれた友人の一人として。

「それでは頑張ってください……というのも変な言い方になりますか？」

「ああ。頑張ってスバルくんをエスコートするよ」

クレスに背中を押されて、スバルくんの元に急いだ。

「…………んー…………？」

背後でクレスが、途方もなく大きな勘違いをしていたことに気づきかけたことなど、知る由もなかった。

※※※

「お待たせ」

師匠の声に振り向くと……声を失った。

「……スバルくん？」

師匠その人だというのはわかってた。

藍色のドレスに身を飾り、いつものローブよりも身体のラインを美しく引き立たせている。

その豊満な胸元を大きく開けてもいやらしさはなく、形の良い美しさを醸し出して、いつもは露出してない二の腕が肌のきめ細かさを際立たせる。

お腹から腰に掛けてのボディーラインはきれいな曲線を描き、左足から大きいスリットが入っていて、黒いタイツに包まれた脚線美に目を奪われる。

顔は、薄くメイクを施していて紅のルージュを引いた唇が柔らかそうに濡れて、いつもは前髪で隠れている瞳も宝石のように煌(きら)めいてる。髪をまとめあげてうなじを露出させることでセクシーな魅力が引き出されていて、師匠が大人な女性なのだと改めて見惚れる。

「スバルくん」

しかし、いつものように声を掛けられて、ようやく現実だと認識した。それと同時に、近くに迫った師匠の手が肩に触れてるのを見て、思わず飛び上がってしまった。

「それじゃあ、行こうか」

しかし、師匠はそんな突飛な俺に一歩引くようなこともなく、俺の手を引いて、校門を出る。当たり前のように、周囲から音が消えていた。これは、俺が師匠のことしか目に入っていないから耳に入らないのか、それとも周囲も思わず息を呑んでしまっているのかはわからない。おそらく両方なんだろう。


「それで、師匠。いったいどこに行くつもりなんですか？」

「ああ、ここから少し歩くのだけれど、『トリスメギストス』というレストランに行こうかと」

「トリスメギストス!?」

「知っているのかな？」

「あー、ええ。女子とか結構話してます。その……憧れのデートスポットとか」

「……そうなんだ」

師匠がちょっと動揺したような？　そういうつもりじゃなかったってことかな？　とすると、変なことを意識させてしまってすまないと思うべきか……。

「スバルくんは、そういう話を女の子とするの？」

「アハハ、いやいや、講義の合間の時間とかに話してるのが、横から聞こえてくるだけですって」

学生同士の付き合いで行くには高級すぎるし、純粋な憧れとしての話か、あるいは年上の彼氏に連れて行ってもらった自慢とか、そんなものだし。男子との話題で出るような話でもない。

「にしても師匠、何でそんなところに？」

「ん、いやその……何だ。たまには外食もいいかなと思って、美味しいところを探してたんだよ。でも、一人で行くのもまた寂しいかなって」

妙に歯切れの悪いのが気になるが、そんなものだろうか。

さて……どうしたものかな。学園から出てきたばかりで俺、制服なんだけど。

「せっかくだからスーツも買ってあげるよ」

「いやいや、そこまでしてもらうわけには」

「今までのお礼だと思って。ね？」

お礼……て。そんなこと言われても俺だって師匠に恩返しができるかという話なのに、断り切れるわけもなく、いつになく妙に強引な師匠に押し切られてしまった。

「どう？　スバルくん」

試着室の外から師匠に声を掛けられる。師匠に比べればずいぶんと見劣りするだろうけれど、何とか格好はついたんだろうか、と思うけれど。

「うん。とっても似合ってるよ」

師匠がにこりと笑って、肩から順繰りに手を当てて、具合を確かめる。

「あーでも、タイはどうしたの？」

俺は一緒に渡されたタイを締められずにいた。制服と同じタイプなら大丈夫だと思ったんだけど見たことのないタイプのタイだったから、どうすればいいのかわからず結局出てきた。

「うん、こういうのは知っていないとどうしようもないものだからね。私がつけてあげるよ」

そう言って、師匠は俺の首筋に手を回してタイをかけてくれる。背伸びをして、首に手を回して、首筋に触れて身体が密着してドキドキする。

「うん、これでいいかな……苦しかったら言ってね？」

そうして師匠は鮮やかに結んでしまった。

「ありがとうございます。えっと、よければなんですけど、結び方を教えてくださいませんか？今後の為に」

「そんな心配しなくて大丈夫だよ。私がちゃんと結んであげるから」

え？　と引き留める間もなく師匠は会計に行ってしまった。

どうしようか……少し苦しくなったような気がして、首筋に手をかける。解けていないか心配きた。

尋ねるタイミングを逃したまま、師匠と一緒に店を出た、と思ったら今度は自然に腕を組んで

「ふふ」

師匠が上目遣いで微笑みながらさらに密着する。腕におっぱいの柔らかい感触が当たる。スーツ越しとはいえ、谷間の素肌の部分が密着して、しばらく師匠が忙しくて溜まっていたせいか……その、下品なんですが、勃起しそうだった。

でも男として師匠の隣に立つために、俺は何ともないように振舞う。傍から見たらどう見えるんだろうか？　俺たちは。つり合いは多分取れてなくて、女性にリードされているのは明らかなんだろうなと思う。

「いらっしゃいませ。トリスメギストスへようこそ」

「予約していたアルティマイア・フーデルケンスです」

「お待ちしておりました。どうぞこちらへ」

清潔感と高級感溢れる店内を緊張しながらなんとか歩いて、席に着く。

「メニューはどうなさいましょうか」

「お任せするよ」

「はい、かしこまりました」

だが、うーん……大丈夫かな。

師匠は落ち着いた様子で店員と応対して、対面のこっちを見る。

「大丈夫かな？」

「アハハ、その、何だか緊張しっぱなしですみません」

その後、料理が運ばれてくる。味がしない、ということはない。とてもおいしい。それはわかる。でも、何だかそれは遠く、夢の中にいるようなふわふわとした心地で、腹に溜まらない。

「……スバルくんに楽しんでほしかったのだけれど、難しそうだね」

師匠は真剣な面持ちでつぶやく。

「お酒も進んでないみたいだし」

「いえいえ!! だ、大丈夫ですよ」

グラスを思い切り飲み干す。にわかにくらくらする頭で、いやいやこれはこれでダメなんじゃないか、と思い直したが、師匠は安心したようににっこりした。

店員さんもこちらをあざ笑うことなく、微笑ましげにまたグラスにワインを注ぎ足す。うん、高級だけど高慢なことはなく、本当にいい雰囲気のレストランだ。何か安心した。

安心したところで、正直に話した。

「あの、すみません。ちょっと俺、持ち合わせが」

情けない……。

「心配しなくても最初から御馳走するつもりだよ。薬を買う必要もあまりなくなったわけだし、実験なんかに必要な備品も学園にあるから、私は本当にお金を使うことは、ほとんどないからね……。そうだ、私に何かあったらスバルくんに全財産を遺すように、遺言状を書いておいたほうがいいだろうか」

「そんな縁起でもない……」

それと何ですか、年老いた富豪に近づく若い嫁みたいな……。

「師匠は、こういうところによく来るんですか？」

周りからも歓談に興じる声が聞こえるのに気づいて、俺たちも仲良く話をしながら食事ができればと会話に誘う。

「いや。そんなことはないよ。付き合いがら、作法は一通り修めてはいるけれど」

「その、例えば男性に誘われたりとかは？」

聞いて後悔する。昔のことを探る男とか、めんどくさいんじゃないだろうかって。

「いや、いないよ。そもそもあまり人付き合いのいい方ではないというのもあるけれど。私の罹っている病というのは、魔法使いとしては致命的だ。感染するような類のものではないが、誰も好き好んで近づきはしない。私は、公には既に死んだようなものなんだよ」

内容もそうだが、師匠が大した感情も見せずに発言していることに衝撃を受ける。

「配偶者として家門に入れるなんてするわけないし、ましてや子供なんて……あ。ゴメン、今のは忘れて」

師匠は動揺したようにグラスを呷った。

魔法使いとして生きていたからこそ、同種の人間が自分を受け入れることはないのだとわかっている。それを受け入れるのに、どれだけの歳月がかかって、どれだけの苦悩があったのかわからない。

俺は、師匠に言い寄る人間がいなかったことにちょっと胸をなでおろしてたりするなんて、イヤになる。

「でも、最近考えるんだ。もし、私が病を患っていなかったら、スバルくんとも出会えなかったわけで、そうしたら……って」

師匠は遠い目をしながらグラスをさらに呷って、少し口数を減らして食事を終える。

レストランを出ると、すっかり辺りは暗くなっていた。少し酒も入っているせいで、ぼーっとして送り届けるのは少し大変だなと思った。

「大丈夫？　スバルくん、お酒も飲んでるし、もうすっかり暗くなっちゃったし」

「いや、俺は……」

「今日は、もう近くの宿屋に泊まっていこうか？」

返事をする間もなく、師匠もふらふらと熱に浮かされるように、俺の手を引っ張って歩き出す。

え？　と動揺する間もなく高級そうな宿の扉をくぐって、豪華な内装が施された受付に立っていた。

「では、お部屋にご案内します」

俺より身なりのいいボーイが前を歩くのについていく。本当に現実なのか、頭が追いつかない。

師匠は、いいんだろうか。俺と一緒に一夜を過ごすって。そんなの、もう我慢できないし。都合よく解釈してしまうじゃないか、そんなの。

二人で一緒に、階段を上がって。

「……」

師匠はさっきから何も言わない。俺の身体に寄り掛かるようにして、うつらうつらと歩いてる。少し、身体が熱いような気がする。

「それではゆっくりおくつろぎください」

そしてボーイもいなくなって、バタンと扉も閉められた。部屋の中はカーペットが敷かれ、広い窓を見ると夜空に星が煌めいてる。シャンデリアの灯りで夜にもかかわらず部屋は明るく照らされて。

そんなことはどうでもよくなるくらいに、部屋のベッドに目が釘付けになる。ダブルベッドが一つ。そういうことなのだ、と。認識されたのだ。周りから。

バフン、と柔らかい音がする。ベッドに師匠が倒れこんだらしい。

「師匠……？」

呼吸で師匠の胸元が上下する。姿勢が崩れて、下着が垣間見える。黒くて、透けるくらいの薄い下着。

唾を呑む。もう、我慢なんてできっこない。師匠だって、もう、きっと襲ってくるのを待ってるんだ。そう思った。

飛びかかるくらいの勢いで師匠に覆いかぶさると、

「きゅ～……」

目を回している師匠の姿が目に入った。

俺は笑って水差しを探した。萎えたというのとはまた違う。ただ、師匠への愛おしさを思い出して、これから無理矢理襲うってのはちょっと違うだろうって思い直したのだ。

師匠の顔は真っ赤で、火照ってた。水を吸わせたタオルをおでこと、首筋あたりにも当てる。

「ん……ハッ！」

気持ちよさそうにしていた師匠だったが、やがて気が付いたようで跳ね起きた。

「しまった、これからなのに……スバルくん、スバルくん!?」

目の前にいるんだが、そんなことも分からないくらいに取り乱しているらしい。

にしても、これから？　何のことだ。

「どうしよう……これが最初で最後のチャンスなのに……スバルくんに幸せいっぱいの初体験を……て、ス、バル……くん……？」

アルコールで元々赤かった顔がさらに、ボン！　と湯気が立ちそうなくらいに真っ赤になっていた。

「ええっと、その……説明してもらえますよね？」

師匠はベッドの上で姿勢を正して咳払いをする。

髪は乱れて、ドレスの切れ目からパンツがちょっと見えてるのにも多分気づいてない。はっきり言ってボロボロだった。化粧も汗で取れかけていて、でもだからこそ、そこにいたのは紛れもなく、俺の知る愛しい師匠だった。

「……当たり前と言えば当たり前なのだけれど、精液を身体の中で受け入れるには膣内のほうがいいんだ。でも、さ。初めての人って大事だろう？　一生忘れられないくらいの人になるだろう？　だから、正面から頼むには気が引けて、拒まれたらって思うと怖くて……だから、お酒と雰囲気の力を借りて、せめていい思い出にしてもらおうかなって思ったんだ」

すごい。どうしたらここまで斜め上の発想になるんだろう。

「あの、師匠」

「何？」

「師匠って、その……処女ですよね」

「う……」

こくん、と頷いた。

全く、師匠の処女に比べたら俺の童貞なんてもう、どうでもいいだろうに。何でこの人は俺の心配ばっかり。

「うん。スバルくんの言いたいことはわかるよ。処女の私がスバルくんを気持ちよくさせるなんて出来るのかって、確かに不安になるよね？　でも、私は精いっぱい頑張るから」

うん。わかってないですね。むしろここで師匠が経験豊富に誘ってくるようだったらもう勃たなくなるんじゃないかって思ってるくらいです。

「でも、これは必要、で。だから、許してほしい。私が、スバルくんの初めての人になって、これから子供を作るためにもすることをしてしまうことを。あ、もちろん、子供ができたら私が引き取るよ。養育費だって請求したりしないし。スバルくんが、必要なら……引き渡すし……あ、でも、たまに会うことを許してほしいなって」

「何ですか、その離婚を前提としたお付き合いみたいなの」

ていうか、心配するならそんなことじゃなくって。

『配偶者として家門に入れるなんてするわけないし、ましてや子供なんて……あ。ゴメン、今のは忘れて』

先ほど、師匠が言っていたことが頭をよぎる。

「師匠、今のままだったら子供なんて、作っていいわけないじゃないですか。子供を守れるかどうかだってわからないですし」

師匠が言いかけたことは。師匠の病が子供にまで影響を及ぼすのではないか。多分そういうことなのだろう。

「あ……そ、そう、だね……ゴメンね、スバルくん。何か、私。舞い上がりすぎてたみたいだ。自分のことばかり、そんな、そんなことも……んん！」

これ以上言葉を紡がないように、唇で塞いでやる。離すと、呆然と俺を見つめる。

「むしろもっと考えてくださいよ。自分を愛してくださいって。師匠の為にも、俺が断るわけなんてないって。そんなことも分からなかったんですか」

師匠が自分のことばかり考えてるズルい人間とかそんなわけない。他人のことばかり考えて損して。

俺なんて最初から下心満載だ。それに比べれば師匠なんて、綺麗で優しくて大きくて可愛すぎる。

「だから、一緒に、子供作っても大丈夫なようにしましょう？」

ベッドの上に押し倒して、師匠は瞳を潤ませて、見つめてくる。

「……いいの？　スバルくんは、私に協力してくれるの？　私が、幸せに……子供を作れるように協力してくれるの？」

辛抱たまらず唇で返事をする。

理由があったとはいえ、師匠が最初から、俺と繋がりたいと思っていたことが嬉しいと思ってる。俺と同じように。我ながら現金なもんだ。

化粧品の匂いが口の中に広がる。それから、さっき食べたディナーの、デザートの残り香と、アルコールの香り。

「そういえば、キスはどうなんですか？　効能的には」

「ん、いや、実は……あんまり効果はないんだ。やらないよりはマシ、程度ではあるけれど」

師匠がどこか怯えるように目を逸らす。

「そうですか……」

落胆はしない。そもそも逆効果だとか言われても多分止められない。

「じゃあ、もっとキスしないと、ですね」

「……うん、そう、だね」

矛盾というほどでもないが論理的じゃない。いうなれば好意に甘えて、口づけを交わす。

「スバルくん」

師匠は俺の顔をじっと見つめて、呼びかけてくる。

「……こんな形になってしまって、こんなことを言えた義理ではないのだろうけれど、今日はその、私に甘えてほしい」

ぎゅっと背中に手を回される。その手は必死に掴むようでいて、同時に抱きしめているようだった。

「スバルくんは多分、こうして私の腕の中でいてくれる時期は、そう長くはないだろうから。だから、今のうちは、今だけは、私に抱かれていてほしい。ダメ、かな？」

俺からすれば、師匠に敵（かな）うときなんて来るんだろうか、と。俺が師匠を腕の中に抱きしめてあげるときなんて来るんだろうか、なんてそんな心持ちだが、どうやら師匠は俺に期待をしてくれているらしい。

「ん……」

身じろぎして、ドレスに手をかけるのを助けてくれる。肩口からドレスを脱がせて、師匠の大きいおっぱいを包んでる下着が露わになる。いつもより派手、というか面積が少ないというか。きめ細かい刺繍が施されているうっすら先には師匠の白い肌が透き通ってる。すぐにでも破けてしまいそうな心許なさ。男を誘うための下着だ。

パチン。

驚いた。前で金具を止めてあったのか、師匠のおっぱいをまさぐっているうちに解けてしまった。フロントホック、だっけ。にしてもこんなに簡単に取れるのか？

ぶるん、と師匠のおっぱいが拘束を解かれて、弾ける。今にでも触ってほしそうに、そのおっぱいの大きさには似つかわしくない小さめの乳首が控えめに自己主張してる。

「……その……」

師匠が何かを言いかける前におっぱいを揉みしだく。喘ぎながら、止めずに師匠も腕を俺の胸元まで伸ばして、言う。

「スバルくんも、脱いでほしい」

しゅる、っと既に師匠も返事を聞く前に、師匠が結んでくれたタイを自分で解いた。

息を呑んで、シャツのボタンを一つずつ震える手で外す。その白魚のような指が俺の身体に触れるたびに、心臓が跳ね上がる。

大きいおっぱいを介しても、その心臓が鼓動を速めているのが分かった。

そのまま師匠は、胸板に手を這わせて、お腹に。そして、ズボンに手をかける。

「つっかかってとれな……て、そっか……」

察して、それ以上は言わずに、師匠はズボンのベルトに手をかけて、俺も師匠の既に湿ってるパンツに手を伸ばして、足を開かせる。

「うわぁ……」

師匠は俺の肉棒に手を伸ばして、既に出ている先走りを手に馴染ませて、軽く上下に擦った。

しかし、すぐにその手が止まって、滑稽に肉棒は震える。

「……ゴメンね。すぐに出してあげたいけど、でも、今日は一滴残らず、私の中に出してほしいんだ。だから、我慢してね」

いい子いい子するように、師匠は俺を胸元まで抱き寄せて、つむじに軽く口づける。そして、右手で頭を抱えるように撫でて、もう片方の手でお腹をさすった。

ここだよ、と。教え導くように。

「甘えてほしいって言ったけど、ワガママばかり言ってしまっているよね。うん、自分でも至らないと思う。だから、スバルくん。私の身体、たくさん使って。スバルくんの手で、スバルくんが気持ちよくなるための身体を、教え込んで。スバルくんが、女の子を気持ちよくするための練習台にして」

その言葉でなんかもう、我慢できなくなって師匠のおっぱいにむしゃぶりついた。

「ふぅ、ん。ふふ、よしよし」

師匠は頭を撫でて少し強めに抱えて微笑む。俺は師匠のおっぱいに顔を埋めて、甘えるように口に含む。

どこまでも底がないくらいに、溺れそうになるがそれでも足掻いて、弱い部分を探る。

「ふぁ……はぁ……はぁ……」

乳首を口の中で転がして、もう片方は指で摘まんでみる。それだけじゃなく全体を揉んでみたりして、反応のいいところを探る。

「師匠、教えてください。気持ちいいところ。師匠がどう感じてるのかって」

師匠を練習台にするつもりなんて無い。師匠を感じさせるところを知るだけで十分だ。でも、師匠がそういう意地の悪いことを言うのなら、それを利用させてもらおう。

「ん、とはいっても、私も、胸がいっぱいで、スバルくんの手、触れてくれる部分が全部、敏感になってて……んん！」

「さっきのは痛い？　それとも、気持ちいいですか？」

「……気持ち、いい」

師匠の小さめの乳首をそれでも擦るようにして、刺激する。どうやら師匠はこれが好みらしい。

ならば、と根元から先端にかけてねっとりと舐めると、また師匠は喘いだ。

「少し、力を抜いてもらっていいですか……師匠の全身、見たいです」

「……」

見上げるような体勢で見つめると、師匠はまた困ったように見返してくる。

「逃げないですから」

恥ずかしいっていうより、多分そっちなんだろう。師匠はゆっくり力を抜いた。

どうやら正解、だったらしい。師匠の不安を解きほぐせたらしい、と安心する。

お腹から腰に掛けてゆっくりと指を這わせる。師匠の身体は全身、いつまでも触りたくなってくる。それでも、ゆっくりと師匠の感じるところを探る。へそのあたりにキスすると、また震える。手だとそうでもないみたいだ。

そんな発見の一つ一つが、興奮する。

そうして、下半身に辿り着く。手を伸ばしてまさぐると、思いのほか慌てていたのか、タイツがビリッと伝線してしまった。

「いいよ、好きにして」

師匠が戸惑っていた俺の手に自分の手を重ねて、伝線した箇所に自ら手をかける。

そのまま足を広げて、誘われるようにタイツをビリビリと破いて、パンツについている染みを確認する。

「ん、はぁ……」

ぷにぷにと師匠のおま○この感触を確かめると愛液が染み出して、師匠もそれに反応して喘いだ。

どうなっているのか早く知りたくて、師匠のパンツに手をかける。が、どうにも師匠が腰を上げてくれない。

ああ、そうか。そういえば、と思い直して、俺は強引に師匠のお尻を持ち上げて脱がせる。妥協はしない。師匠も恥ずかしそうにするが本気で拒絶していない。

そうして、間近で初めて師匠のおま○こを見る。入り口はぴったりと閉じていて、クリトリスは包皮を被っている。そして、師匠が晒(さら)されるのを躊躇(ためら)っただけあって、つるつるだ。

「……れろ」

「ふひゃ!?」

指で触る前に、舌で舐める。師匠が悲鳴に近い喘ぎ声をあげる。それを黙らせるように唇全体で師匠のおま○こを覆うようにして、舌を突き出す。

「ふ、ぁぁ……ス、スバルくんの舌が……舐めて、入ってきてる」

師匠の言う通り、陰唇を舐め上げて、そして舌をすぼめて入る場所を探る。愛液が口の中に溢れて、ゴクゴクと飲み干すのどの音が、師匠にも聞こえてるんだろうか。

「ス、スバルくん、そこ、私、今日、まだお風呂入ってないから、だから……」

ああそうか。だから、こんなに師匠の匂いが強いのか。納得した。

むしろ俺はズズズッと下品な音がするくらいに吸い上げる。

「はぁ……はぁ、ダメ、だよスバルくん、それ、ダメ」

師匠の手が俺の頭に触れる。俺は口を離さず、じっと見つめる。

「うぅ……そんな……一生懸命な目でそんなことされたら。私、スバルくんに甘えちゃう、から。ダメになっちゃうから。ずっと、私を気持ちよくしてほしいって、思っちゃう……我慢、できなくなっちゃう」

「いいじゃないですか。師匠だって、気持ちよくなりたいなら言ってくれていいんですよ。いつだって」

この期に及んでまだ俺を包み込もうとしてくれてる。それが嬉しくて、悔しい。もっと情けないところさらけ出してほしい。俺みたいに。

「……そ、そんなの……だって」

消え入るような声で、追い詰められて観念したように、呟く。

「…………今だって、ずっと一緒にいてほしいのを我慢してるんだよ」

燃料がくべられる。

顔が一気に真っ赤になって、誤魔化すようにむしゃぶりつく。俺だって負けない、という対抗心とか、もっと頼ってほしいっていうちっぽけなプライドとか、欲情とか……愛おしさとか。

「ス、スバルく……ぁ、ぁあああああ！！！！！」

俺の頭に手を置いたまま、師匠の全身が激しく痙攣し、愛液が飛び散る。

押しのけようとしているのか、撫でようとしているのかわからないが師匠の気持ちいい手に頭を押し付けるようにして、またむしゃぶりつく。

「スバルく、わたし、もう、なんか、いま、もう……スバルくんのことほしいって、からだがいうこときいてくれなくなって、だから」

だから？　何だろうか。

もうどっちでもいい。やることは変わらない。師匠の身体に俺を刻み込んで、初めての男になって、一生忘れないようにさせるという単純な欲望をぶつけるだけ。

「はぁ…………はぁ……はぁ……はぁ」

二人の荒い息遣いだけが響く。

ベッドのシーツには愛液が飛び散ってもうビチャビチャだ。

師匠のおま○こも、ぱくぱくと口を開いて愛液をたらしながら待っている。

「……来て」

沈黙が降りた中で、師匠の声が聞こえる。その声に導かれて、肉棒を押し付けて、照準を定める。

舌で何度も入り口を確認した。以前の素股で挿入のイメージも積んだ。全部積み重なって、今……重なる。

「あ……かは……ひ、ぐ……」

キツい。師匠の苦悶の声が聞こえるのが、必死に我慢して深呼吸を繰り返してるのが、辛い。

師匠の手を握ると、握り返してくれた。ぎゅっと、痛いくらいに。師匠の何分の一にもならないだろうけど。

ゆっくりと腰を突き上げて、膣内を貫く。ブチブチッと突き破る感触。傷つけているのは分かったが、でも止まれない。

途中で何度も止まって、もうすぐすべてが埋まる。それが分かった瞬間、一気に腰を突き上げてしまい、その勢いでドクドクと精液が、自分でもコントロールできないくらいに吐き出される。

「あ……」

今まで感じたことのないような射精感。膣内できゅうきゅうと締め付けられながら、もっともっとと搾り取られる。

でも、段々と冷静さが蘇る。師匠は痛みに耐えて、それで、こんな自分だけ気持ちよくなって、何をしているのかと。

すぐさま抜き去るべきだというのに、節操なくまだ硬くしたまま師匠の中に入っていて、うなだれていると繋いでた師匠の手の力が強まる。指が絡まる。恋人つなぎみたいに。

「師匠……？」

「ん、はぁ……熱いよ。スバルくんの、精液。わかるよ……何度も、もらってたから。でも、ここで受け止めると、何だか、全然、違うね」

陶酔したような声。繋いだ手と反対の手で、ちょうど、肉棒が刺し貫いて精を放った腹部あたりをさすって。

感じてる。まだ終わってなんかいない。師匠は、俺を受け入れてくれてる。それなのに、俺は何をしているのかと。

「スバルくん、動いて。スバルくんの精液を私の中に馴染ませて。スバルくんで、いっぱいにして」

そこで、当初の目的をようやっと思い出して内心苦笑した。

師匠のキツかった膣内は今は程よい締め付けで、まるで頑張ったねって抱きしめてくれているみたいだった。

腰を引こうとするとぐちゅぐちゅと音がする。そして、引き抜かれる寸前でまた一気に奥まで叩き込む。カリで掻き分けられた膣内から、血とまじりあった精液がどぷりと溢れかえった。

「はぁ、ひぁあ、あぁん！」

師匠のちょっと恥ずかしそうな喘ぎ声と、腰を打ち付ける音が響く。

「スバルくん、わた、し……ッ、おかしくなっちゃいそうで、だ、だから……！」

師匠がこちらをちらりと見上げて、手を差し伸べてくる。俺がそれをぎゅっと握ると、師匠の膣内がまた不意に締め付けてきた。

「……ッ。師匠、俺も、イキそうで」

「そう、なんだ。じゃあ、今度は、いっしょにイこう、ね。ちゃんと、全部、私の中に……！」

にこっと、師匠が柔らかく、そして淫らに微笑んで、もう我慢できなかった。

「ふぁあ、スバルくん、わたし、イく、イっちゃうう!!」

「ああっ、師匠！　師匠っ！」

一瞬、頭が真っ白になるくらいに激しい快感が襲ってきて、どぷっ！　と大量に師匠の中へ射精した。幾度となく熱い膣内に注ぎ、そのたびに師匠が身体をのけ反らせる。そうして最後まで放出し、そのまま師匠の元に倒れこむ。

「はぁ……はぁ……」

お互いに息を切らして、そのままじっと見つめ合う。

「おつかれさま。スバルくん」

気だるげに、愛おしげに師匠は俺の頭を撫でてくる。

「ん、ちゅ」

どちらからというわけでもなく口づけを交わす。あくまでソフトに。賢者タイムと言えばいいのか、ちょっとだけ疲れて、休憩したい。けど、やっぱり触れ合いたいというか、まあそれだけ。

「ちゅ、じゅる、じゅるる、くちゅ、ちゅる」

それもまた少し激しく。舌を絡ませるように段々といやらしくなっていき、肉棒も力を取り戻していく。

「……あ、す、スバルくん……元気、だね」

様子に気づいたのか、師匠が顔を赤らめて上目遣いで見つめてくる。

「……あー……ええっと……はい。少しでも師匠の身体の助けになればなーって」

嘘を吐いているわけではないが、わざとらしいことこの上ない。そんな義務感でこんなに勃起するわけがない。

ようやく貫いた師匠の身体を、もっともっと堪能したいと身体中が反応しているだけだ。

気づけば師匠の身体を両手でまさぐって、おっぱいをこねくり回している。

「あ、ん、おっぱい好きだもんね。いい、よ……ただ、今ちょっと……感じ過ぎちゃうから、優しくしてね」

何でも受け入れてくれる師匠に、俺は何度も何度も肉棒を突き入れた。

「ああ、スバルくん。また、イっちゃうう!!」

また出さなければ、とさらにドクドクと精液を吐き出して。さらになじませるように奥まで突き入れて、激しく挿入を繰り返す。

「……ん、ふぅ……ん、ちゅ……あむ」

やがて打ち止めになって、どちらからともなくまだ足りないとしばらく唇を交わし合った。


「お疲れ様。スバルくん」

後片付けを終えて、俺たちは灯りを消して眠ることにした。

「あの、師匠」

「何？」

「重くないですかね」

「重いね」

師匠は弾むような声で肯定する。

何を聞いているのか、というと師匠は俺を抱きしめて寝ているのだ。おっぱいに俺の頭を乗せるようにして。

「スバルくんがちゃんといるんだよって感じがして。嬉しい」

胸元まで回した手がギュッと強まる。俺も師匠も身動きしづらいのに、それが嬉しいって言うみたいに。

「スバルくん」

「何ですか」

「ああ、ゴメン。呼んでみただけなんだ」

「そうですか」

「スバルくん。スバルくん」

「…………」

「スバルくん……いるよね？」

不安そうにしてくるので、手をぎゅっと握って肯定する。

やがて、静かな寝息が聞こえてきて、俺も眠った。


やけに柔らかい感触に包まれて眠っていることに気づいた朝。ああ、そうか昨日は……と思い返して、ハッと跳ね起きる。

包まれているのは高級なベッドの感触だけで、そこにあるはずだった愛しい存在がない。

師匠……叫びたくなる衝動を抑えて腰を動かそうと思ったところでようやく気づいた。腰が抑えられていることと、あともぞもぞと快感が送り込まれていることに。

「ん、あ、起きたんだねスバルくん」

見ると、師匠が裸のまま俺の肉棒に奉仕していた。

「ふふ、朝日が覚めたらスバルくんがいるって、何というか贅沢だね」

いいや、何だこの状況は、と声を上げようとして師匠にちゅぅうっと、肉棒を吸い上げられて止められる。

「起きたら、スバルくんのおち○ちんが大きくなってたから。嬉しいな。あんなに一杯出したのに、また私のために大きくしてくれるなんて」

「いや、それは生理現象でして……」

「ああ、そうか。そういうものなんだね……どうなんだろう？　辛いなら、止めたほうがいい？」

俺はあわてて首を横に振る。

「よかった。昨日は私の中に全部出してもらったから。ちゃんと可愛がってあげられなくって、ゴメンね」

昨日、頑張りすぎたせいで少しヒリヒリしていた肉棒は、師匠の口に優しく包まれてまた節操もなく張りつめている。

師匠の舌は根元から亀頭まで全体に回って、ゆっくりゆっくりと射精感を煽る。底に残っている精液を余すことなく吐き出させるように。

「んん、ぷはぁ……！」

やがて搾り出されるように精液が師匠の口元に吐き出されて、師匠はそれを飲み干す。

すっかり固さを失った肉棒を、師匠は口の中に収めたまま労わった。

「お疲れ様。スバルくん」


それから俺たち二人はいそいそと着替えを始める。

「別にこっちを見ていてもいいよ?」

と言われたが、何となく気恥ずかしくなって師匠から目を逸らしながら師匠に買ってもらったスーツを着る。

逆にこっちは見られているような視線を感じる。多分、気のせいじゃない。

「ああ、そうだ。タイツは昨日破いちゃったんだったね。ふふ」

白い生足がドレスのスリットから垣間見えて、ドキッとする。

髪型はいつもの師匠のままで、何となく安心を覚える。

「ああそうだ。タイを着けてあげないとね」

師匠がふわっと俺の元に寄ってきて、そのまま首元でタイを結びつける。いや、別に要らない、とは師匠のにこにことした笑顔の前では言えず黙ったままそれを呆然と見ていた。

そして宿を後にして、人気の少ない早朝の道を俺たちは二人、どちらからともなく手を繋いでゆっくりと歩いた。

第2話　師匠と繋がる日々

スバルくんが日中、他の講義に出ている間、私は再びクレスの元を訪れることにした。

「まあアルティマイアさん。先日はうまくいきましたか？」

「ああ、ありがとう。これもクレスのおかげだよ」

「いえいえ」

ふむ、とクレスは私の顔をじぃっと見つめてくる。

「……うまくいった、というのも間違いではないと思いますが、それはそれとして何か悩みがある、といったところでしょうか」

私は驚いた。

今日ここに来たのは、相談に乗ってもらったクレスに対するお礼と事後報告のつもりだったのだけれど、それだけではなくてどこか自分の中に不安があって、それがここに足を運ばせた。

そういう側面もあったのだとクレスの言葉で気づかされる。

「ゆっくりで構いませんよ」

クレスは急かさずゆっくりと。紅茶の葉にお湯を注ぎ、匂(にお)いを漂わせて待つ。

「う、ん……そう、だね」

気づきがあるのならばあとは分析だ。自分の心に問いかけ、言葉を紡ぐ。

なるほど……いざ口に出そうとするとひるんでしまう。そんな様子をじっと微笑みながら待ってくれるのを見ると……なんだか今は羨ましいなんて思ってしまう。

ゆっくり。そうゆっくりと話を始める。放課後にデートに誘った時の話から。時折「んん？」と首を傾げていたような気がするけれど。

そう。そうだ。あの日のスバルくんは何だか輝いて見えて。とても紳士的で。

「あの、一つお聞きしてもよろしいでしょうか。ひょっとして私、惚気られているのでしょうか」

そんな話を続けている最中で話の腰を折るクレス。

「いや、こっちも真剣に悩んでいるのだけれど」

「……ですよねー。失礼しました」

クレスは疲れたような溜息を吐いた。そうだね。こっちとしても面倒を愚痴ってしまっていると思うよ。

「でも、聞く限りによるとお弟子さんのスバルくんとの仲は良好、なのですよね？」

「いや、何というか……幸せ過ぎて怖いというか……」

「あの、本当に惚気ではないのですよね？」

「だから違うよ……私なりに、不安なのは……私はスバルくんにとって良き師匠となれているのだろうかということなんだ」

思えば初めて出会った時からそうだ。私は思えばスバルくんに引っ張られるようにして弟子と師になった。そしてこの前のデートは、ハッキリ言ってしまえば無様を晒してしまったのだ。

イヤじゃない、と思ってしまうこと自体が問題ではないだろうか。スバルくんにはもっと頼り甲斐のある師が相応しいのではないだろうか。

言ってしまえばもっとこう、ちゃんと甘えさせてあげないといけないのではないか、と。

「なるほど……ふふ」

「む、何がおかしいのかな？」

クレスティア・ヴァレンティヌス。彼女のことを今まで知ろうともしなかったけれど、調べてみて、多くの弟子に囲まれて尊敬されている魔法使いだと知った。彼女を目当てにこの学園の門戸を叩く学生もいるくらいだと。

そんな彼女からすれば、私の悩みなど取るに足らないのだろうか。スバルくんも、彼女のような人に教えを請うたほうがいいのだろうか、なんて考えてしまう。

「ごめんなさい。ただ、少し微笑ましくなって。あなたのような方でもそのように悩んだりするのだと……」

「クレスも……？」

「ええ。そんなものです。果たして弟子にとって良い師なのか、師にとって良い弟子なのか、そんなことをお互いに考えながら、お互いに成長するものなのですよ。それがこの学園に布(し)かれた校訓でもあるのですが知っていましたか？」

「……いや」

「でしょうね。私も知らなかったのですけれど」

なんてクレスは笑う。

「アルティマイアさんも私たちと同じように思い、悩むというのは何というか、嬉しいと思います」

そうか。そうなんだね。

私は落伍者で、私の気持ちはきっと誰にもわからないし、わからなくてもいいと思っていたけれど、こんな私でも、人並みのことを悩むようになった、ということなんだろう。

スバルくんのおかげで。

「いつか、一緒にお食事にでも行きましょう」

「それはいいね」

「うふふ……その前に、アルティマイアさんのお悩みについてですが、そうですわね。きちんと弟子と師としての格付けが済んでないのではないでしょうか」

「格付け？」

「ええ。一度正面からぶつかってみるというのも手ではないかと思います。躾(しつ)け、というと少々乱暴ですが男の子なら、それで大丈夫なのではないかと」

「それは経験談？」

「あははは……ですわね。血気盛んで生意気なことを言う子も稀にいるもので」

まあ、詳しくは聞かないほうがいいかもしれない。

にしても、そうか……一度、ぶつかってみること、か。とはいっても私の出来ることというのはそう多くはないのだけれど。

うん、とりあえずやってみようか。私なりの方法で。

※※※

今日は師匠に連れられて演習場を訪れていた。

大規模な魔法の実践だったり、あるいはこの学園では珍しい部類に入るが、身体を思い切り動かすレクリエーションに使ったりもする。設備としてはだだっ広く、何も無いところだ。

いったい何をするつもりなのだろうか、と疑問に思う。師匠の場合、ただでさえ魔法を自由に扱える身体ではないし、ましてや運動が得意というわけでもないだろうに。

そもそもただでさえ少ない口数が余計に少なく、妙に雰囲気がピリピリと張りつめているのも気になる。

「……今日は。そうだね」

師匠は箒を取り出して、その上に乗りふわふわと浮かぶ。

「スバルくんに本格的な稽古をつけてあげよう。どこからでもいい。かかってくるといい」

「はい？」

聞き間違いかと思った。

「私にできることというのは、実際、そう多くはないからね。せいぜい、スバルくんを叩きのめして見せることくらいだ」

どうやら、聞き間違えでもなければ、意味をはき違えているわけでもないらしい。

かかってこい、と師匠は言っているのだ。

「身体的な能力で言えば、スバルくんのほうが強いよね。男の子だもの」

つまり、そのハンデを考慮して余りある差がある、と。まあ当たり前と言えば当たり前だが少々ムッとしてしまう。

「来なさい。撫でてあげよう」

手を伸ばしてくる。その笑顔はどこまでも包み込むように優しい。だが、その瞬間、プレッシャーが跳ね上がる。

けれど、ここで物怖じしているわけにはいかない。

マジックアロー。初歩的な魔法ではあるが師匠の指導の下で鍛錬した。

魔法の特性を理解すれば強度、速さ、鋭さなどを自在に操れる。速さに特化して、放った一撃。

しかし、師匠が一瞬、手をかざすとその軌跡は消える。

ヒュン。

風切り音が耳元に響き、頬に痛みが走る。

何と、あろうことか弾き返したのだ。きっちりと正確な弾道で、こっちが反応すらできない速度と鋭さで。

ぞくぞくする。これが、アルティマイア・フーデルケンス。俺が敬愛する師。その実力の一端。

「漫然としていてはいけない。こうして刈り取られてしまうよ。なんて、私もこんな身体になって初めて意識を始めたことではあるけれどね」

迂闊に近づけず、じりじりと足を後退させていると、ああ、と師匠が気づいた様子で両手を上げる。

「別に何もしないから、もう少し近づいてもいいよ。接近戦の手解きをしてあげようか」

魔法使いとしては致命的であろう接近をいともたやすく受け入れる。

それだけの実力差であることも事実だろうが、師匠は手解き、と言った。対応するためのノウハウがあるということだろう。

ダッシュで近づき、腕力で襲い掛かろうとすると、巧みな箒さばきで躱される。

「ここで一気に距離を取ろうとしてはいけない。隙が生じやすいからね。まあできればだけれど。

相手の動きを観察して、避けるだけならそう難しくはない。受ければ吹き飛ぶというプレッシャーをはねのけられるかどうかが鍵だけれどね」

大抵の場合、その圧に耐えきれず不必要に魔力を消費して離脱を許ろうとする。

俺がプレッシャーを与え切れていない、というだけでなくやはり経験の差がモノを言っている。

「そしてここが重要なのだけれど、遠距離からの攻撃であれば脚力で避けられる相手でも、こうして近づけば当てられる機会が増える。こんな風に」

と、師匠の手が俺の足にかざされたかと思ったら、手のひらから魔力の光が漏れ、体勢が崩れる。

そのままあおむけに倒れ、マジックアローで服を地面に留められて身動きが取れなくされてしまった。そこへ師匠が箒を手放して、俺の腹の上に乗る。

「あの……師匠？」

師匠は俺のシャツに手をかけて、妖艶に微笑む。

「敗北にはだね。ペナルティーが必要だと思うんだ。でないと、馴れ合いになってしまうからね」

どうしたことだろう。師匠がちょっと怖い。

「そんなに警戒しなくてもいいよ。優しく。優しくしてあげる」

師匠の胸の柔らかさが俺に押し付けられる。苦しくて、息ができない。そのせいでさらに呼吸を深めようとして、師匠の匂いが胸いっぱいに広がる。

「ただ、私抜きでは生きられないようにしてあげる」

師匠が何かの薬品を懐から取り出して、俺に口移しで流し込む。

ねっとりと甘い。それを口に含んで、師匠が呪文を唱えると身体が急に熱くなる。

「なに……を?」

声を発して、何かがおかしいと思った。そうだ、声が少し高い。

手足を確認すると違和感がある。そして気づく……身体が縮んでる?

「一種のレベルダウンの作用だね。スバルくんはいま、意識はそのままだけど身体だけ小さくなってる状態だよ」

「いや、どうしてそんなこと……」

「スバルくん。スバルくん」

弾むような声で、師匠の唇が俺の顔中に降り注ぐ。

「子供風のスバルくんもやっぱり可愛い。ん、ちゅ」

師匠の手がやけに力強く感じる。意識はそのままなのになすがままにされるしかない。屈辱、というのはおこがましいが恥ずかしい。

「あの、師匠。この前のこと、根に持っているんでしょうか? 俺、何か失礼なことやってしまいましたか?」

「やだな。スバルくんは優しかったよ。最初から最後まで。だから……」

師匠の唇が重なって、舌まで激しく入ってくる。突然のことに呆けて、思い通りに動かない身体は内側から蹂躙されるされる。

「だから、私が情けなくなってしまうし。だから……もっとスバルくんが欲しくなってしまうんだよ」

師匠は俺の股に潜り込むようにして、乱暴な手つきでズボンを剝ぎ取ると、おっぱいをじれったそうにずらして見せつける。

「それで、スバルくんを独り占めして、閉じ込めたいとか。スバルくんが、私抜きじゃ生きられないようにしたいとか。もっと、もっと私と同じくらいまで、情けなくなってほしいって思っちゃう」

師匠はおっぱいで既に硬くなった肉棒を包み込んで、たぷんと揺らした。

「あは……スバルくんのおち○ちんがすっぽりと収まったよ。可愛い……」

身体に引っ張られて肉棒も少し小さくなって、皮も被ってる。そのくせ一丁前に硬くなって師匠の大きなおっぱいの内側を叩いてるさまは、情けなく甘えているみたいだ。

「んちゅ、あむ、ぇろ……大丈夫だよ。スバルくん。スバルくんのおち○ちん、もう逃げられないからね。逃がしてあげないからね。だから、安心してね」

舌が伸びてきて、びくびくと返事をしながら師匠の頰を叩いていてぬるぬるした先走りが糸を引くが師匠は気にした様子もなく微笑む。

「スバルくんは、スバルくんのおち○ちんより素直じゃないね」

反射的に腰を引こうとするが、口ですっぽりと包まれて逃げられない。

「そんなに逃げたいの……？」

このままじゃいけない、と思う。けれど、師匠の上目遣いは不安そうに見えて。

「なんて、逃がしてあげないけれど」

葛藤する暇もなく、一気におっぱいを波打たせて、じゅぷじゅぷと涎をたっぷり溜めた口内で搾り取られる。

「ん、んぐ……んん、いつもより、何というか……青臭い、かな？」

「ああっ、し、師匠……」

たちまち吐き出された精液はいつもより水っぽく、ピューピューといつまでも噴き出している。薄くて、未成熟な精液。そのくせまた節操もなくおったてている。

「はぁ……はぁ……」

師匠は俺の腹に跨って、既に濡れている秘部を覆う下着を脱ぎ捨て、指でその秘所を見せつけるように掻き分ける。

「……ししょ、やめ……」

「あぁ、分かるよ。その反応。きっと、ダメになっちゃうんだね。スバルくん、このおち○ちんでおま○この中に入れちゃうの耐えられないんだよね。それが本能で分かっちゃうんだよね。もう、私のおま○こに入れちゃわないと二度と勃たなくなっちゃうかもしれないって、怖いんだよね」

恐怖すら感じる。だというのに、肉棒の感覚はさらに研ぎ澄まされていて、今か今かと待ち焦がれている。

「……スバルくん」

「うぁ……っ!!」

言葉が出ない。初めに射精したのを最後に、ずっとイっているような快感が走ってる。膣内が覆って、ひとりでに蠢いて、腰を動かすまでもなく搾り取られる。

「んふふ、ダーメ」

俺が腰を動かそうとしたところで、きゅっと膣内を締め付けられてそれでもう動けなくなる。逃れようとしたわけじゃない。そう言い訳することすら許されず、俺は師匠のなすがままにされていた。

「はぁ……はぁ……嬉しいよスバルくん。ねえスバルくん？　気持ちいい？　私、スバルくんを気持ちよくできているんだよね？　スバルくん、スバルくん！」

すがるような声で、気づいた。

奥歯を必死に噛み締めて、快楽に抗う。

「スバルくん……気持ちよくなってくれないの？」

師匠の悲しそうな声に、揺れる。

このまま流されてしまえば、きっとそれはそれ以上ない快楽で。焼き切れそうになる。

でも、そうじゃないと思う。

「俺は、逃げたりしないです。何があっても」

「スバルくん……？」

「だから、そんな不安そうにしなくていいんです。無理してつなぎとめようとしなくても、もっと、安心して……」

手を伸ばす。不格好な手つきは、けれど師匠の顔まで届いて、涙をぬぐった。

「スバルく……ふぁ!?　そんなことされたら、私まで、もっとスバルくんを、気持ちよくしたいのに」

「いいですって。だから、師匠も気持ちよくなって……」

「ホント？　スバルくん？　気持ちいい？」

「ええ。だから、師匠も……一緒にイきましょう？」

「一緒？　スバルくんも一緒なの？」

俺は頷いて、さらに腰の動きは激しくなる。俺は思い切り我慢して、そして解き放つ。

「あ！　イく、イっちゃううう!!!」

「……ゴメンねスバルくん」

何とか元の身体に戻った俺。そして師匠はさっきから恐縮して謝ろうとする。

「何でこんなこと……」

「私は、ね。スバルくんのこと気持ちよくしてあげようって思ってたんだよ。お世話になってばかりだし。私ばかり………幸せにしてもらっているような気がして」

全く。何を言っているのやら。

俺はさっきから少し距離を置いている師匠の身体を、近づいて抱きしめる。

「スバルくん……?」

おっかなびっくりで夢か現（うつつ）か判断がついていないようにうろたえている。

まあそれは俺もなんだが。

「それは俺も同じですし。師匠にずっと迷惑かけているのかなとか、そんなの」

「スバルくん……」

今までずっと雲の上の人のような気がしていたけど。うん。割と抜けているというか可愛いところもあるんだと。不遜のようだから見ないふりをしていたけどそうじゃないんだ。そういう部分も認めて、伝えてあげないと、きっとダメなんだ。

一人の人間として………女性として。

「これからもよろしくお願いします」

「うん」

俺たちは穏やかに唇を交わした。

※※※

「思えば、私はスバルくんのことを信じきれていなかったんだと思う」

私はまたクレスの元を訪れていた。

誰かに告白してしまいたくて。気持ちの整理をつけたくて。

「スバルくんが私を慕ってくれて、それをずっと失いたくないから、スバルくんを気持ちよくしてあげればずっと一緒にいてくれるのかな、ってそんな不純な動機だったんじゃないかって思うよ。けどね。そんなのとは関係なく、一緒にいてくれるって聞いたとき、気づいたんだ。そんなこととは関係なくスバルくんと気持ちよくなりたい。幸せになりたいって。そうしたら……私、何をしているのかな、と」

打算と妥協ばかりだった私が、感情だけを先走らせて、結局、何もかもを手放してしまうところだった。

そんな私に、スバルくんが手を伸ばしてくれた。

「変だよね。師匠なら、弟子を導かなければならないのに。私は、スバルくんに教えられてばかりだ。でも……」

ふさわしくなくたって、一緒にいたい。

「それでよろしいかと」

クレスは穏やかに、嘲(あざけ)ることもなく笑みを浮かべながら頷いた。

「魔法使いというのは自分本位なものです。得るものがなく施すのみであるのなら、そもそもこの学園に集まるはずがありません。皆、何かを見出すために弟子を取るのです。アルティマイアさんの場合は、少し特別かもしれませんが」

そうか……よくよく考えればそうだね。あまり関わらないようにしていたからわからなかったけど、目の前のクレスも、弟子から得るものがあって、それぞれのあるべき形もきっと違うんだろう。

「ですから、そう偉ぶる必要もありませんし、無理せずに付き合うというのは大事です。弟子に負けない強みは大前提ですが、弱みをお互いにさらけ出せる関係、というほうが長続きするでしょう」

「……ひょっとして、クレスは私が最初から失敗すると思ってた?」

「……まあそうですね。背伸びをする時ほど、人は失敗しやすいものですから」

何だろう。少し目を逸(そ)らした気がするんだけど。

「でも、これでスバルくんに甘えられますね」

「……うん、そうだね……て、いや、うん。これはその、何だ」

「どうかしましたか?」

「これはその、完全に惚気になってしまいそうなんだけれど、大丈夫だろうか」

「あー……あはは……」

何でそこで乾いた笑いを浮かべるのかな。

「別に構いませんわよ。女の子の恋話(こいばな)は大歓迎です……ですけど、あんまり私に秘密の話をしてばかりというのもいけません。スバルくんだってどこかで気にしているのかもしれません」

「そうなのかな?」

「ええ。アルティマイアさんも、自分のことについてスバルくんが誰かに相談しているというのは、あまりいい気分ではないでしょう」

「……そうだね」

「今の間は何でしょう。ああ、いえ、答えなくて構いませんが」

それから、スバルくんにしてあげたいこととか、色々と相談に乗ってもらって、気づけばすっかりいい時間だった。

※※※

講義の合間、校舎の外を突っ切って教室を移動しようとしたところ、声を掛けられた。

「やあスバルくん」

「師匠？　どうしたんですか？」

「……む。用がなければ外へ出てはいけないのかな」

いや、そういうつもりではないのですが……確かに失礼な物言いだったかもしれない。

「なんてね。実はスバルくんを待っていたんだよ」

「俺を？」

「うん……というわけで、少し物陰に行こうか」


師匠に引っ張られるように、校舎の裏の人気のないところまで連れてこられる。

「ん、ちゅぷ、あむ、ずるるぅ」

そして師匠は跪（ひざまず）いて、ズボンをずり下げてフェラチオを開始した。

「あの、ししょ……ぅ！　なんで、こんな」

「ん、む？　あぁ、何というか……今日は確か講義が最後まで詰まっていて遅い日だろう？　我慢できなくてね……イヤだった？」

「いや、その……」

「そうだね。言わなくてもいいよ。スバルくんもこんなに硬くしてくれているんだから……イヤじゃないよね？」

嬉しそうな声色で、ますます口の動きを速める。

「ん、じゅぷ、じゅるる……んむ、んはぁ……はぁ……」

裏筋を舐(な)め上げて、巧みに弱点を探し出される。

「スバルくんも、時間がないよね。だから、早く出してあげる。じゅるるるる」

一気に吸い上げられる。俺は情けなく喘(あえ)ぎ声をあげて、一気に師匠の口内に射精する。

「はぁ……はぁ……はぁ……」

「ん、ごく、んく……はぁ」

精液を全て飲み込んで、さらに舌なめずりをして肉棒に残っている精液を舐めとる。

「それじゃあ、行ってらっしゃい」

「あ……え？」

まだ硬くてびくびくしている肉棒が物欲しげに震える。が、答えは変わらないようだ。

「スバルくんも次の講義があるよね。師として、サボタージュを許すわけにはいかないし」

師匠は身なりを整えて、立ち上がって耳元でつぶやく。

「……じゃあ、また昼休みに。待ってるから」


昼休み。急ぎ足で師匠の待っている校舎裏まで向かう。

「あ、スバルく……ん、む」

木立ちが茂り、人気のない学園の片隅。そこに佇(たたず)んでいた師匠を見つけると、俺は被さるように抱きすくめた。

我慢しきれず、酷使した身体が酸素を求めるように師匠の唇に貪りついて、ドンドン心が落ち着く……なんて嘘だ。もっともっと、師匠が欲しくなる。さっきのだって、時間が許せば何度も師匠の口に吐き出してしまいたかった。

授業中でも一発出したというのに、師匠の身体を味わう妄想がずっと頭から離れなかった。

「ん、ちゅ、ガマンしたんだね。ありがとう。もういいんだよ。私の身体で、気持ちよくなろうね」

師匠に頭を撫でられて、俺はローブの隙間から手を入れておっぱいを揉みしだき、乳首を摘まむ。

そして立ったままの姿勢で師匠のお尻もつかむ。後ろから秘所に手を伸ばすと、既に音が鳴りそうなくらいに濡れているのに気づいた。

「師匠も楽しみにしてたんですよね？」

「……う、スバルくん、少し意地悪になったかな」

確かに弟子としては師に気を遣って気づかないふりをするのが礼儀というものだと思うが、師匠が同じような気持ちを抱いてくれればなと思って、確認せざるを得なかっただけだ。

「そこの壁に手をついてもらえますか？」

「ん、ん？　ええっと……これで、いいのかな？」

「ええっと、それでもうちょっとお尻を掲げるように」

師匠は不安げにちらちらと見てくる。

「何をされるか、怖いですか？」

「それもあるけれど……スバルくんの顔が見えないのが」

たまらず後ろから襲い掛かるようにしてキスをする。そしてそのままお尻に手を伸ばす。

「ふぅ……はぁ……そんな、とこ、触って」

お尻にはあまり触ってこなかったから師匠も戸惑っているようだ。

そのまま下のおま○こを覆う下着をずり下げて、既に濡れているのを確認する。

「ん、ふぁあああ!!」

奥まで一気に挿入した瞬間、ぷしゅっと愛液が噴出して俺のズボンを濡らしたのが分かった。

グチュグチュと既に茹ってるみたいに師匠の膣内は濡れていて、肉棒を逃がさないように締め付けてくる。

「師匠も我慢してました？」

「……う、ん……だって、スバルくんのおち○ちん、まだ気持ちよくしてって言ってたのに、切り上げなくてはならなくて」

師匠の胸元に手を伸ばして、乱暴におっぱいを解放する。ぶるん、と重力に沿って垂れるおっぱいに手を伸ばして揉みしだく。

腰を掴んでパンパンと音が響くくらいに打ち付ける。

「ん、ふぅ……ふぅ……」

師匠が声を抑えるようにしていたので、俺は指を伸ばして師匠の口元に運ぶ。師匠はそれに奉仕するように舐めまわす。

「ん、くちゅ、むちゅ……あむ」

結構気持ちいい。そのまま指を前後に動かすようにしながら腰も動かす。

上と下の奉仕で、いよいよ射精感がこみあげる。

「ん、んんんんん!!」

射精するのと同時に、指が師匠に強く噛まれる。

「ふぁ……ゴメンね、すばるくん、ん……」

少し血がにじんだところを、師匠がちろちろと舐めまわす。

行為が終わった後もしばらく、任せるままにしていた。

慣れない体位で腰が動かない、と言うので後片付けをした後、俺は師匠に手を貸して、一緒に師匠の研究室までついていくことにした。

必然、公の場で腕を組んで寄り掛かるようにして歩くことになったのだが、師匠が笑顔を浮かべていたので別にいい……というか、俺も嬉しく思った。

その日の朝はすっかり晴れていて油断していた。段々と灰色の雲が辺りを覆ったかと思えば急に雨が降り出して、雨宿りする間もなく身体中がびしょ濡れになる。

師匠の研究室に着いたころには、下着までぐっしょり濡れまくっていた。

「スバルくん!?」

師匠は俺を見てすぐさまタオルを持ってきて、暖炉の火元まで誘導する。

「……こんなに身体が冷えて」

そう言って心配そうにギュッと後ろから抱きしめてくれる。室内にあった師匠の身体は確かに今の俺よりは温かかったが、その熱を奪ってしまうのではと心配になる。

「あの、師匠。大丈夫ですから、師匠だって濡れちゃいますし」

「ああ、そうか。そうだね。失念していた」

師匠の身体が離れて少し……いや、大分残念だと思ったがそれも仕方ないし、師匠が風邪をひいてはそれこそ申し訳が立たないし、と自分を納得させる。

だから、後ろの衣擦れの音にも気づかなかった。

むにゅ。

「だったら、こうすればいいよね」

師匠の柔らかさが濡れた制服を通してダイレクトに伝わってくる。

これ……て、ええ!?

「ししょ……」

「ん……」

後ろを振り向こうとすると唇を塞がれる。冷たい口内は師匠の熱い舌でまた温められる。

そして、首に回された二の腕、その先にある肩には何も着けておらず、毛布でくるまって俺を抱きしめていた。

しばらく何も言えないまま、舌と舌が絡まって、熱が行き来する。

「な、何してるんですか師匠」

「何と言われても、そうだね。スバルくんを温めるのなら、人肌のほうがいいと思っただけだよ」

相変わらずこの人の発想は何というか凄い。

「いやいやいや、そんな、師匠の身体だって冷えちゃうじゃないですか」

「大丈夫だよ……我ながら大胆なことをしているな、と気づいてさっきから身体が火照りっぱなしだから」

大丈夫じゃないな！

「ほら、スバルくんも脱いで。このままだと風邪をひいてしまうよ」

師匠の細い指が胸元のボタンに伸びる。それと同時に師匠の豊満すぎるおっぱいもぐにぐにと変幻自在に押し付けられる。

「……スバルくんの背中、たくましいね」

シャツを脱ぎ去って、うっとりとしたような吐息が耳元にかかる。

次いでズボンに手を伸ばすが、既に勃起してる肉棒が引っ掛かってうまく脱げずもどかしい。

「うわぁ……熱い」

ズボンも脱いでついに全裸になった俺の身体で、そこだけは異様に熱い。俺に熱を与えて、既に冷えている師匠の手がひんやりと包み込んで、気持ちよかった。

やがて師匠の右手が俺の肉棒を擦るのと並行して、俺の手を取って秘所へと誘う。

くちゅり。

水音とともに熱がこもっている。さらに掻き出すようにすると、熱い愛液がどんどん漏れ出してくるようだ。

師匠は床下に毛布を敷いて、そこに来るように言う。そして、俺の上に身体を反対向きにしてのしかかる。ちょうどお互いの秘所がお互いの口元に来るように。

「ん、やっぱりここだけは熱いね。少しだけ熱、もらうね」

師匠は乳房で俺の肉棒を挟み込んで、ぐにぐにとおっぱい全体を温めるように揉み込む。

そのまま、太ももや腹のあたりを温めるように身体全体を包み込んだ。ああ、師匠に包み込まれてる……。

「んん!?」

やがて俺は、眼前に差し出されるようにした師匠のおま○こに舌を伸ばす。

「師匠のことも……温めてあげます。師匠も、期待してたんですよね」

「ん、それは……ひゃ!?」

かぁ……と師匠の身体に火がついてる感じがする。その熱はおま○この奥から。その熱を直接、舌先で掻き出す。

「はぁ……ん、ちゅ……あむ、ぇろ……んん!!」

師匠の舌先が俺の肉棒に伸びる。たまに俺の舌の動きに合わせるようにして動きが止まる。師匠を感じさせているのだという実感で、肉棒がビクビクと振動するが、それを催促と見ているのか師匠は舌先で慰めるように這いずる。

「ふぁ……んちゅ、ぇろ。じゅるるる」

一日の長、とでもいえばいいのか。俺よりも師匠のほうが、お互いの身体について詳しい。裏筋の微妙な部分に舌が伸びて、かと思えば全体を唇で擦られて既に限界を迎える。

「んん!!」

ドピュ！　ドクドクドク……。

精液を思い切り師匠の口元に噴き出していた。

解放感を覚えている中で気づいた。師匠のおま○こがビクビクと震えてる。俺に精液を出させたことで、感じているのだ。

それに気づいて、俺は精を出したばかりだというのに本能的に舌を伸ばして師匠のおま○こにむしゃぶりつく。

「ひゃ!?　す、ばるく……今は、ダメ……！」

感極まった師匠の身体は怯えるように震える。

「ん、もう……！」

対抗するようにまだ硬さを保つ肉棒に舌を伸ばして、音がするくらいに吸い付く。

「ん、んんんん！！！！」

師匠の愛液が溢れて顔面中を濡らす。その達成感とともに、気が抜けてまた射精してしまう。

「ん……ごく、んく……はぁ……はぁ……」

それを一滴残さず飲み干して、師匠は少し恨めしげにこちらを見つめる。

「今度は一緒にイけるといいですね」

「……そうだね」

まあそういう問題ではないと思うが。お互いにそれは口に出さないでおいた。


服が乾くのを待ちつつ、毛布にくるまりながら師匠と一緒に温かいお茶を飲む。

そんな中、コンコン、と研究室をノックする音がして師匠がすぐさま着替えて応対する。

そこにいたのは精悍な顔つきをしたフクロウだった。

「学園長の使い魔……？」

そのまま師匠は何度か会話をするように頷く。俺には「ホーホー」としか聞こえないが。

「分かったよ。お疲れ様」

フクロウは敬礼をするように翼を操って、そのまま雨風を気にせず飛び去った。

「……今、嵐がこのあたりを覆っているらしくて、学園も何日か閉鎖するらしい。くれぐれも外出なんてしないように、と」

「へぇ……」

ふと窓の外を見る。激しい雨が打ち付けられている。風が強くて木片やら何やらも舞っている。その外でさっきのフクロウだけが飛んでいる。すごいなフクロウ。

「だから、このまま泊まっていくといいよ」

「は……ええええ!?」

師匠のちょっと嬉しそうな顔が印象的だった。


さて急遽決まったお泊りで、準備などあろうはずもなく、ここで大きな問題が浮上した。

元々あったと言うべきか、何で今まで気づかなかったのかとでも言うべきか。

「あの師匠……何なんですかこれは」

「何と言われても、そうだね。今日の食事だね」

そう言って師匠が目の前に出したのは、干し肉とふかした芋だった。

「いやまあ、師匠がここで完璧な料理とか披露したらしたで、違和感が半端ないですけど」

「スバルくん、だんだん遠慮が無くなってきたね……」

かといってなんというか……雑過ぎる。

よくこんな食生活で、ここまでのワガママボディを維持できるものだ。

「うぅ……それは、そうだね。胸ばかり大きくなったり…………下の毛がいつまでも生えなかったり、色々歪んでる一因なんだろうか……」

おっと、思いのほか気にしていらっしゃった。

「とにかくですね！　知ってしまったからにはもう、何とかしなきゃと弟子としては思うわけです。別にお金だってないわけじゃないんですから」

「む、そうだね。スバルくんに満足なおもてなしができないというのも、師として情けない限りなのだけれど……」

さしあたり……どうする？　師匠の研究室にあるのは干し肉とかの保存食だ。水で戻しとくか、とりあえず。

「仕方がないね。ここはとっておきを出そう」

そうして師匠は床下の収納庫からガサゴソと何かを取り出す。あの、パンツ見えてますよ師匠。

「じゃじゃん。山桃のシロップ漬けだ」

おぉ……と一瞬、思ったけどそれにつけてもわびしい。

「何か本当に陸の孤島に取り残されたみたいですね……」

「心配はしなくていいよ。下手すれば一生暮らせるくらいの備蓄はあるから」

そうなんだよなぁ……量だけはあるからやるせないというか。一生これだけ食べていく気だったのかこの人はと。

さて、辛うじてあった調味料で濃い目に味付けして誤魔化し、何とかスープとかこしらえてはみたものの……。

「はぁ……」

「いや、ゴメンねスバルくん……男の子だものね。もっと食べ応えのあるものがいいよね？」

「いや、そうではなくて……」

俺一人ならまあいいんだけど。というか俺だっていつも食べているのはこんなものなんだけど。

ただ……ああそうか。師匠もこんな気持ちだったのかな。一人ならいいか、とかそんな妥協
……それにしたって行き過ぎだとは思うけど。

「……どうしてもすまないと思ってくれている、のならそうだね」

師匠は一口料理を口に含むと、俺に口づけしてきた。

「んん!!?」

「ん、くちゅ……ちゅる」

味を誤魔化すために入れた香辛料の濃い味。そこへ師匠の舌の甘みが加わって、えもいわれぬ

コクが出た気がする。

こんなに美味しかったっけ？　などとぼーっとした頭でバカなことを考える。

「私は、スバルくんと一緒にこうしているだけで、嬉しいんだよ。だから、まあそうだ。大事なのはそこなんではないかな。演出次第で、食事というのはいかようにも楽しめるさ。魔法、のようなものだね」

それから何度も師匠と口づけを交わして、料理を消化していった。デザートの山桃は念入りにお互いの舌で交わし合って、種だけになってもしばらく転がしていた。

「はぁ……はぁ……」

気づけば、テーブルの上に師匠がまるでメインディッシュのように乗っていた。

「スバルくん……」

おっぱいをむき出しにして、味わっていると師匠がその耳元にささやく。

「……食べさせて」

ぞくりとした。

「スバルくんの精液、まだこっちに貰ってなかったから、ね」

貪っているのはこっちだというのはとんだ思い違いだ。いや、どっちでもいい。

俺は師匠に供されているし、師匠もまた俺に供されている。

「ん、ふぁあああああ!!」

肉棒を一気に師匠の胎内へと突き入れる。食物を口に入れたばかりで熱量をもった身体はその熱量を燃やすように止まらない。

「ふぁ、はぁ、んん、はぁ、はぁ」

目の前のおっぱいを貪る。少し塩気がして、また格別だな、なんて少し痺(しび)れた舌を突き動かす。

「ふぁ……ん、あむ、すばる、く……んむ」

懸命に舌を伸ばしてくる師匠の舌に絡めて、そちらも味わう。

ついでに、指を伸ばして口の中に突っ込むと、軽く噛んできた。それもまた気持ちよくて、軽く上下すると、じゅぼじゅぼと音がするくらいに口をすぼめて味わってくる。

「ふぁ……ぁあ！」

精液を思い切り出して、同じタイミングで絶頂を迎えた。

「や、スバルく……」

ふと、師匠のお腹のあたりまでローブをまくって少し膨れたお腹にマーキングするようにして擦って、吐き出した。

師匠のお腹はたるんではないけど適度に柔らかくて気持ちいいし、なんだかんだで満更でもないのかな、なんて。精液をお腹にこすりつけるようにしてさすっている師匠を見て思った。

師匠の寝室に入って、やっぱり師匠の匂いが強いな、とベッドの中で思う。

「ゴメンね……狭くて」

初めての夜にダブルベッドで過ごした時とは色々と勝手が違った。師匠の、一人用のベッドだから二人で寝るには狭くて、くっついて寝ないといけない。

そのためには、身体の大きい方が小さい方を包み込むようにしないといけない、というか。具体的に言うなら、師匠が俺の胸の中でもぞもぞと照れてもがいてるのを腕を回して引き留めています。

師匠は寝間着に生地の薄いキャミソールを着ていて、俺はシャツ一枚。二人とも素肌に近い。嵐の音がうるさくて、妙に目がさえてしまう。

「……眠れないね」

抗うのをやめて、胸元に寄せた俺の手に、師匠の手が重なる。

「何か話でもしようか？　何がいいかな」

「じゃあ……そうですね。師匠って、この学園に来る前は一体何をしてたんですか？」

師匠は少し驚いたような顔で振り返る。踏み込み過ぎた、だろうか。

「……あー……そうだね。話していなかったっけ」

しかし、そんなことはなかった。触れることを許してくれた。

いや、いつだって聞けば答えてくれたのかもしれない。この人は。

「私はね。この学園を卒業して、しばらく……冒険者をしていたんだよ」

意外といえば意外な答えだったが、師匠の口から聞いたからか、妙にしっくりくるような気もした。

冒険者。魔物の跋扈する原野を自らの力で切り開き、旅の最中で人々の助けとなる者。その素行は荒々しいイメージが強く、魔法の習得も真っ当なものではないケースが多い。魔法学園からすれば、魔法を悪用する存在で嫌悪に近い感情を抱いている、とも聞いた。

師匠の魔法は教科書通りの魔法とは違う。あらゆる状況下で応用が利くように工夫するためのもの。研究の末の成果というよりも実用を経た結果に近い。

「そうだね。だから、私の学園での専門は一応、実戦魔法ということになってたりするんだよ。知ってたかな？」

「師匠もいわゆるパーティを組んだ仲間、とかがいたんですか？」

「あはは……いや、人の性格なんてそうそう変わりはしないさ。ずっと一人で冒険者稼業に勤しんでいたんだよ」

魔法使いでですか？　なるほど、道理で接近戦についても見識があったりしたわけだ。あれも必要に迫られてのこと、だったわけか。

普通はそこで人付き合いをどうにかする方向に進むものだと思うが、如何せん才能が有りすぎたとでも言うべきなのだろうか、一人で乗り越えられてしまったらしい。

「まあそのおかげか、こうして病で引退しても誰にも迷惑をかけることはなかったけれどね……

と言いたいところだけれど、学園が目をかけてくれたから、こうして穏やかな生活を送ることができるようになったわけで。本当に頭が上がらないというか」

「……どうして、師匠は冒険者になりたい、って思ったんですか？」

「特に理由があったわけではないんだと思う。ただ、そうだね。卒業するにあたって、昔……魔法に初めて触れた時のことを思い出したんだ。昔はね、もっと何でも出来るんじゃないかって思ってたんだ。もっと楽しいものに世界は溢れているんじゃないかって」

師匠の、遠くを見つめるような瞳の輝きに見惚れる。

師匠と出会う前、俺も同じような壁にぶつかっていた。同じ、なんて言うのはおこがましいのだろうが、やはりこの人は俺の師なんだと思った。

俺は、師匠と出会ってまた何とかやっていこうと思えたわけだけど、師匠はどう乗り越えたんだろうか。

「だからね、世界を自分の足で渡り歩いてみれば何か見つかるのかもしれないって思ったんだ」

師匠の言葉で、また身体に熱が通るのを感じた。

何だ、そんな簡単なことだったのか、というのは師匠の言葉であるからこそで、もしも……。

「師匠は、まだ戻りたいんですか？　冒険者に？」

師匠は答えなかった。そのかわり、振り返って口づけを交わして、舌が入り込んでくる。

「スバルくん……」

気づいた。師匠の身体が寒そうに震えてる。俺はそれを強く抱きしめる。

そして俺の方から、唇を交わして、何も言えなくする。

師匠が何を考えているのかはわからないけど、師匠は今……慰めてほしいんだと思う。

だから、師匠が何も考えられないくらいに、無茶苦茶にしたい。

「はぁ……スバルく……はぁ……ん!」

首筋に思い切り吸い付いてみたり、直接唇を覆ったり師匠が何かを言おうとするたびに黙らせる。密着した膣口と肉棒が吸いつくように誘い込まれ、そのまま膣内に押し入った。

「あっ、ひゃぁ! ぁあん! ハァ、ぃあぁ!!」

狭いベッドがギシギシと歪んで、少し動きにくい。

師匠は今、どんな顔をしてるんだろうか、真っ暗で今一つ分からない。

肉棒で感じる愛液はとめどなく溢れてるはずで、けれど、これも既に吐き出してる精液でしかないかもしれなくて、分からない。

「……ん」

師匠の手がさまよっていて、それを握ると引き寄せるように握り返してきて、そして、俺の身体を抱き寄せる。

なら、大丈夫だ。とまた沈み込んでいく。

「ふぁああ、イく、イっちゃうう!!!」

師匠の甲高い声が響いて、たまらずキスで塞ぐ。

少し、しょっぱい。多分、涙も混じってる。

「……スバルくん」

眠気と酸欠で頭がぼーっとしてくる中で、優しい声が響く。

「…………ありがとう」

ああ、そうか。俺は、師匠を慰められたのかな、と。少し誇らしくなりながら、撫でられて、意識は途絶えた。


『スバルくん』

微睡(まどろ)みのふわふわとしたイメージの中、ただ師匠に包みこまれているイメージだけが頭の中に浮かぶ。

「う、ん……はぁ……ぁん……」

ぐちゅ。ぐちゅ。と師匠の中に入り込んでいるような快感があって、そのまま射精の感覚を得て……ハッと目が覚める。

夢精したかと思った。それを師匠の前でやってしまうって、恥ずかしいにもほどがある、と慌てた。今さら過ぎるような気もするが。

「うん、あ、起きたんだね」

しかし目の前にあったのは俺に騎乗位で跨っている師匠の姿だった。

「昨日は私のせいで色々と迷惑をかけたし……ん！　ゆっくり、してあげたほうがいいかなって」

師匠はゆったりと腰を動かす。射精したばかりの肉棒にも優しく、しかしゆっくりと快楽がある。ぬるま湯のような……羊水の中にいるかのような快感、と言っていいんだろうか。

「おはよう」

師匠の顔がゆっくりと迫って、そのまま軽い口づけを交わした。

「何も気にしなくていいからね。スバルくん。ゆっくりしよう？」

耳に、まだ勢いを保って吹き荒れる嵐の音が遠く響く。

授業もない。朝、なのかもよくわからない時間帯。何も気にせずにゆっくりとただ師匠だけを感じていた。

「ん、ふぁ、スバルくんが、奥まで来て……んん……！　ゆっくりさせてあげたいのに、腰、動いちゃいそう……」

恥ずかしそうに口を半開きにしながら腰を動かしている師匠の手を握って、指を絡ませる。

既に師匠の膣内から精液が零れ落ちて、俺の股を濡らしている。師匠の愛液と俺の精液が混じり合って糸を引いて、ぐちゃぐちゃになって、快楽が思考を奪う。

「あ、スバルくんの、おち○ちん、硬くなってきた……興奮、してきてる？」

はぁ、はぁ、と師匠がうっとりと息荒くお腹をさする。

「ん、それじゃこのままちょっとだけゆったりしよう？」

肉棒を膣内に収めたまま、師匠は微笑んで、両手を握って、しばらく腰を動かさないでいた。

「ひゃあ!?」

そんな師匠に、催促するように一度だけ腰を突き上げる。

「ん、そっか。気持ちよく、なりたい、よね。ん、分かった……スバルくんは動きたい？」

「……んー……」

「ん。分かった。私が動くね？」

師匠は俺の言葉を聞くまでもなく意を汲み取り、ゆっくり動く。根元まで腰を下ろし、そのまま引き抜ける直前までゆっくりと腰を上げ、また深く腰を下ろす。

腰が抜けそうなほどの快楽、というのとはまた違う。腰まで浸かりそうな、蕩けるような快楽だ。

「あん、ひゃぁ、はぁ、ん……スバルくん、ごめんね。わたし、だけ、さきに、さっきから、イっちゃい、そう、で……」

気づけば、師匠は少しだけ突く位置を調整するように、そして少しだけ早く小刻みに腰を動かそうとしている。そして膣内もビクビクと痙攣して、締め上げてくる。

「はぁ、イっちゃう、ごめんね、スバルくん、わたし、さきに……」

ぎゅっと師匠の手を握る。

「あ、イく、イっちゃううう!!」

それがトドメだったかのように師匠は絶頂して、とろんと瞳を蕩かせる。けれど、俺はまだイってない。

パァン!

「ひゃ!?」

腰を一度強く突き上げて、それを皮切りに今度は俺が下から突き上げる。

「スバルく、まって……。まだ、ちょっと……敏感で」

一瞬、止まりそうになって、また少し一層速く腰を動かす。

こっちも一旦吐き出してしまいたい。どうせ時間はまだまだあるでしょう? なんてやっぱり少し甘えるように師匠を責め立てる。

「ふぁ、ばか、すばるくんのばか、ゆっくり、して、ふひゃあ!?」

そう言う師匠も俺の腰の動きに合わせるように、自ら腰を振っている。今度は一緒にイきたい、と身体中が求めてる。

「師匠、俺、もう、イきそうで、だから」

「うん、じゃあ、こんどは、いっしょ、いっしょ、だから、ね? スバルくん、スバルくん……! イく! イっくううう!!!」

師匠の最奥に突き上げて、瞬間射精する。師匠は背中をのけぞらせて、激しく身体を震わせて必死に呼吸を整える。

こちらから顔は見えない状態だが、きっとその表情は蕩け切っている。それが見られないのは残念だ。

「……もう」

師匠が胸元に倒れこんでくる。先ほどよほど激しく絶頂したのか、その瞳は淫らに濡れているが、けれどいつもの俺を包み込んでくれるような師匠の顔だ。

まあちょっと頬を膨らませているのが玉に瑕（きず）だが。確かに俺も聞き分けがなかった。反省したい。でも大丈夫だろう。反省を生かす時間はまだある。

「んー、ちゅ」

倒れこんだまま師匠がまた腰を動かし始める。肉棒はまだ力を取り戻していなくて、少しヒリヒリするような半勃起状態なのに、それとはお構いなしに搾り取ろうとしてくる。

「あ、ちょ、ししょ」

「だめ。今度はちょっとお仕置き」

びゅく。びゅる。

肉棒に残っていた精液が搾りつくされる。

「ん……」

そして何をするでもなく師匠が俺の顎を撫でてくる。朝剃る前の髭が残っていて、少しだけジョリジョリする感触がちょっと楽しそうだった。

それからまた、好きな時に何度も師匠と繋がっては膣内に精を放って、打ち止めの後も何をするでもなくボーっとくっついて過ごしながら、曖昧に一日を始めた。

「ああ、それはそうだね。ここをこうして……」

「おー、なるほど」

学園は休みなのでというか、だからこそと言うべきか、俺は師匠に勉強を教えてもらうことになった。

何を聞いても的確に、俺が理解できない時にはもっと噛み砕いた教え方をしてくれるので、とても捗る。

「どうかな。スバルくん、大体理解できてるみたいだから、あんまり教えがいがないんだけど」

そうなんでしょうか？　褒められているのか、それとも何か責められているような気もする声色でどう答えたものだろうか。

「それに、なんかちょっと緊張してる？」

机のテキストから俺の顔に近づいた師匠の、前髪に隠れた瞳にじっと見つめられる。目を逸らすのも失礼だと思って見つめ返していると、金縛りにあったように動けなくなる。

確かに、緊張しているかと言えばそうかもしれない。

少しでも師匠にいいところを見せたいとか、そういう意地もあって、いつもの授業でもここまで集中しないってくらい頭使ってる。

それと…………間の悪いことに、いつか見たエロ本のシチュエーションを連想してしまい、それが頭から離れない。

『うふふ、ココこんなにしちゃって。イケナイ子ね』

いや、うん。アレは師匠とは似ても似つかないもいいところなんだが。ただ、いったんスイッチが入ったせいか、師匠のいい匂いとか柔らかさとか気になってしまってしょうがない。

師匠が俺を心配して集中を欠いていたようでペンを落として、机の下に潜り込む。

「……あ」

どうしたことか。師匠はそのまま戻ってこないでじっとしていた。

そしておもむろに俺のズボンに手をかけた。

「なっ!?」

そのまま肉棒を取り出して、股の間から顔を出す。

「いや、ししょ、なに、を……」

「ゴメンねスバルくん。気が付かなくって。集中させてあげないと」

「いや、そんな、師匠のせいじゃ。俺が変なこと考えて」

「……どういうこと？」

じっと師匠が肉棒を擦って膨張させながら問う。

誤魔化そうとするのは無理な話で、俺は素直に、たった今考えていたことを白状する。

「……ふーん……」

ぐいっと師匠の手が少しだけ荒々しく上下して、思わず呻く。

「それで。スバルくんの見たいやらしい女の人は、どんなことをしてくれたのかな？」

シュルシュルと衣擦れの音が聞こえる。そのまま師匠はおっぱいで肉棒を挟んで、包み込む。

「もっとすごいことしてあげるから、今度は私に教えて」

涎をたっぷりと舌に乗せて、挟み込んだまま舐め上げる。

「その……足で踏まれたり」

「スバルくんは、そういうのが好きなの？」

「いえ。正直、そこでは抜けなかったんですけど」

とはいえ、前なら勃つくらいには役立ったと思う。けど、師匠と身体を合わせてからなんというか、性癖が変わりつつあるのではないかと。

「あむ」

師匠がまた強く口をすぼめる。少しだけわざとみたいに歯が当たって、痛いがそれがまた強い刺激となって呻く。

「スバルくん、こういうのがいいのかな？　優しくされるより、ちょっと厳しくされるほうがよかったのかな。答えてみて。スバルくん」

懇願か、あるいは詰問か。感情が読み取りにくくてどっちにも解釈できて、どっちでも悦しい。

つまりこの師匠にどんだけぞっこんなんだという話だが。

「ん、んん！」

情けなく胸の中に射精して、一滴残らず絞りつくされて、射精した後も搾り取られる。

いつもより少しだけ厳しいくらいに、亀口を舌でほじられるくらいに。

「それで、得意げに対面に乗っかって、搾り取られるんです……」

性癖の暴露も、この人なら叶えてくれるんじゃないかな、なんて甘えで、けれど師匠はすんなりと叶えてくれて、太ももに重さが乗っかる。

目の前に差し出されているおっぱいの谷間に、白濁が飛び散っていて、俺が汚した証拠がまざまざと見せつけられる。

師匠は俺の肩に手を伸ばして、ゆっくりと肉棒をその膣内に収めていく。

「ん、んぁああ!!」

愛液が膣内から漏れて太ももを濡らす。その衝撃に体勢を崩しかけた師匠の身体を慌てて支えた。

教科書とは違う。俺たちは教科書通りの女教師と教え子でもないのだ。

郵便はがき

お手数ですが
切手をおはり
下さい。

102-0072

東京都千代田区飯田橋2-7-3
（株）竹書房

VN
Variant Novels

クーデレ師匠を救えるのは俺の精液だけらしい

KUUDERESISHO WO SUKUERUNO HA ORENO SEIEKIDAKE RASII

アンケート係行

		B	C
A	芳名（フリガナ）	年齢　歳（生年　）	男・女

D	血液型	E	ご住所 〒

F	ご職業	1	2	3	4	5	6	7	8	9
		短大生 大学生	専門学校	会社員	公務員	自由業	自営業	主婦	アルバイト	その他（　　）

G	ご購入書店	区（東京）市・町・村	書店 CVS	H	購入日　月　日

I	
	ご購入書店場所（駅周辺・ビジネス街・繁華街・商店街・郊外店・ネット書店）
	書店へ行く頻度（毎日、週2・3回、週1回、月1回）
	1カ月に雑誌・書籍は何冊ぐらいお求めになりますか（雑誌　冊／書籍　冊）

●今後、御希望の方にはEメールにて新刊情報を送らせていただきます。メールアドレスを御記入下さい。

＿＿＿＿＿＿＿＿ @ ＿＿＿＿＿＿＿＿

＊このアンケートは今後の企画の参考にさせていただきます。応募された方の個人情報を本の企画以外の目的で利用することはございません。

クーデレ師匠を救えるのは俺の精液だけらしい

8F

竹書房の書籍をご購読いただきありがとうございます。このカードは、今後の出版の案内、また編集の資料として役立たせていただきますので、下記の質問にお答えください。

J

●この本を最初に何でお知りになりましたか？

1 新聞広告（　　　　　　新聞）　2 雑誌広告（誌名　　　　　　）
3 新聞・雑誌の紹介記事を読んで　（紙名・誌名　　　　　　）
4 TV・ラジオで　5 インターネットで
6 ポスター・チラシを見て　7 書店で実物を見て
8 書店ですすめられて　9 誰か（　　　）にすすめられて
10 Twitter・Facebook　11 その他（　　　　　　）

K

●内容・装幀に比べてこの価格は？

1 高い　2 適当　3 安い

L

●表紙のデザイン・装幀について

1 好き　2 きらい　3 わからない

L

●ネット小説でお好きな作品（書籍化希望作品）・ジャンルをお教えください

M

●お好きなH系のシチュエーションをお教えください

N

●本書をお買い求めの動機、ご感想などをお書きください。

＊ご協力ありがとうございました。いただいたご感想はお名前をのぞきホームページ、新聞広告・帯などでご紹介させていただく場合がございます。ご了承ください。

「はぁ……はぁ、どうかな？　スバルくん？　気持ちいい？」

ゆさゆさと身体を上下させながら尋ねられる。答えられないでいると、師匠は少し得意げに笑った。

ぞくりとする。この人に包み込まれている、支配されている、搾り取られている、愉しまれている。

意識した瞬間、また射精してしまう。

「ん……！」

味わうように少しだけ腰の動きが止まる。

師匠を見つめるようにしてしまい、目が合う。

「……でもダメだよ。私は、まだイってないからね。離してあげない」

師匠から出た言葉なのか、あるいは、意図を汲んでくれたのかはわからないが。

ギッ。ギッ。

椅子の上。不自由な体勢で師匠を支えるようにして、落ちないように師匠のお尻の辺りを掴む。

「ん、スバルくんは……お尻も好き、なのかな？」

「そういうわけじゃないですけど、まあでも師匠のお尻なら好きです」

「……ッ。もう……！　そんなんじゃ、誤魔化されないんだから……！」

と言いつつ、ちょっとお尻の感触も楽しむ。

「スバルくんが、私以外でえっちなこと考えられないように、ちゃんと教えてあげるん、だから」

それは当たり前だ。所詮、エロ本なんて触れられない。匂いもしない。温度も感じない。

師匠の身体の柔らかさも。全てが上書きされて離れない。それは最初から分かり切ってる。

「それはいいんですけど……」

「……何？」

師匠が俺の肩に手を回すようにして、耳を俺の口元まで持ってくる。

「…………文机でエッチしちゃって、勉強の度に師匠のこと思い出しちゃいそうです」

「……………………ッッ!!」

師匠がかぁっと顔を赤くした。まさか、今頃気づいたのか。

「師匠はどうなんです？　思い出しちゃったりしませんか？　色んな所で、いろんな形でエッチしたこと……」

「し、しらない、しら、ない、もん……！」

少しにんまりと笑って、囁く。師匠の膣内はそのたびに追い詰められるように痙攣する。

「師匠、俺、イきそうです。ここでイったこと、忘れないようにしますから、ね？」

「スバル、くんの……いじわるぅ……！」

顔を背けるけれど、身体はがっちりと俺のことを掴んで離さない。

そして最奥に一気に突き上げて、がっちりと腕を回して逃がさないように射精する。

「ふ、ぁあああ!!　射精し、てる……わた、し、も………こんな、イって、忘れられないぃ……!」

そうしてまた思い出が刻まれるのだった。


翌日。嵐の中、着替えもないわけではあるが、いつまでも洗濯もしないままというのもどうかという話で、俺は裸のまま師匠に制服を預けていた。

事件が起こったのはそんな時。

師匠の洗濯物も一緒に洗ってしまうというので時間がかかるだろうなとは思っていたし、自分の着替えを見られるのは恥ずかしいという師匠の意思も尊重していたのだが、あまりにも遅い。

何事かと現場に駆け付けると、そこには衝撃の光景があった――。


「で、何であんなことをしていたのかと問い詰めたいところなんですが」

「う……いや、言い訳しようも無いね」

俺は全裸で立ち上がりながら、そして師匠は半裸で正座しながら。何とも間抜けた格好である。

さて、どうしてこうなったかと言うと……師匠の様子を見に脱衣所に行った時に俺が目撃したもの。

『うん……すんすん……スバルくんが染みついて……これ、スゴい……』

それは俺の下着を握りしめて自慰に耽る師匠の姿だった。

「だって、スバルくんが、その……勉強で私のいやらしいこと思い出すようになっちゃう、とか……そういうこと言うから。私も……スバルくんの匂いを嗅いでたら、ぼーっとしちゃって……」

なるほど。これはつまり突き詰めると感情の問題だった。師匠は辛抱たまらなかったがゆえの行動だし、俺としてもそんな師匠に思うところがある。そういう話だ。

で。そこで芽生えた感情はというと。見てはいけないものを見てしまった罪悪感か。あるいは見てしまう背徳感か。無いとは言わないが違う。近い感情で言うなら、怒りか。悔しさか。

「師匠、言いましたよね。我慢せずに全部自分に吐き出していいって。なのに、師匠はそうやって自分で解消してしまうんですか？」

それじゃあ対等じゃない。いや、元々対等な関係なんて望むべくも無いけれど、だからこそと言うべきか気になってしまうのだ。

ましてや目と鼻の先にいるのに、だ。

この悔しさを収めるにはどうすればいいのか……と考え、俺は一つの案を思いついた。まあ、多分にワガママな願いではあるが、冷静でない俺には妙案に思えた。

「ス、バルくん……これ、本当に気持ちいいの？」

師匠の困惑している顔を尻目に、俺は自ら肉棒をしごいていた。

師匠の長い髪に肉棒を絡ませて、である。

長くて滑らかな髪は清潔な匂いがした。しかし、それに対してあまりにも醜悪な肉棒をこすりつけて、我慢汁が出ればむしろ擦り付けるようにして、汚す。

師匠には手を出してはいけない、と厳命している。俺の、師匠の身体だけを使っている自慰行為を見守らせている。

理由はそれだけではないが。

そうして力強く擦って、射精する。白濁の精液は師匠の紫紺の髪の上ではひどく目立って、汚している感覚が強い。余韻の精液も髪の毛で擦って出し尽くす。

「うぅ……」

師匠が呻く。汚されたこと、というよりも無為に出された射精がもったいないというか、そんなことを考えているだろうか。

そうだ。これは師匠の治療という意味では全く無意味だし、罰というか俺のワガママでしかないというか。

なんていうか、うん。師匠を俺で染め上げてしまいたい、と無責任なことを考えてる。

その次は仰向けに身体を預けている師匠のおっぱいを自分の手で寄せて、使う。

馬乗りになって師匠のおっぱいに肉棒を打ち付ける。激しい腰の動きにたぷんたぷんと揺れる様子を、師匠はじっと見つめている。

「スバル、くん。すごく熱い……そんなに動かしてほしかったの？」

艶めかしく唇が動く。その唇の中に思い切りねじ込んでやりたいという欲求が浮かぶけれど、やはり違う。

「師匠、目だけ閉じててください」

「ん、んん!! ふぁ……あ、つい……」

師匠に思い切り顔射する。そしてそのまま胸の谷間で拭うようにして出し切る。

「あ……」

そのまま師匠の膣内に突き出す。

いつもより腰の動きを大きく、抜けてしまうくらいに、実際に何度か抜いて奥まで突き入れるゆっくりとした腰の動き。

「んん……んんー……！」

既に発狂しそうなのか、師匠の言葉にならない叫びが響く。膣内は引き留めるくらいきゅうきゅうと締め付けてきて、それがまたたまらずにいつもと違う刺激を肉棒に送り込む。

そしてそのまま引き抜いて、お腹の上に出す。射精の勢いは師匠の下乳まで届いて叩く。

まだだ。とすぐに肉棒は勢いを取り戻して、また挿入する。

「ちょ、ししょ……」

しかし、師匠は対策するように俺の腰に足を絡めて逃がさないようにした。

「んん……ふぅ……ふぅ……」

腕まで寄せて、精液まみれの身体が密着して、唇も貪られる。

動かなくてもひとりでに搾り取るように膣内は蠢いて、そしてそのまま膣内に射精してしまう。

「ふぁ……はぁ……はぁ……」

罰を破りましたね……と言おうとしたけど、止めた。

うん。いいや。そもそも罰とか色々とおかしい話ではあるし。それに、何だかんだ師匠とはいつも通りにしてるほうが俺もいい。


昨夜と同じように師匠と同じベッドで寝ていて、少し寒気がして目が覚める。

師匠がいない……。

いや、トイレか何かだろう。なんて考えた。考えたけど……夢遊病のようにベッドから出て、師匠の姿を探す。

どこにもいない……?

すっかり目が冴えてくると気づいたことがあった。嵐の音が聞こえない。とりあえず寒くならない程度に制服のシャツとズボンを着込み、恐る恐る入り口の扉を開けると、そこには澄んだ満天の星空が広がっていた。

「おや、スバルくんも起きたんだね」

見ると、師匠がローブを着て屋根の上で座り込んでいた。

「よかったら一緒に星空を見ない？」

箒を操って、俺に手を差し伸ばす。俺はその手を取って、一緒に屋根の上で星を見上げる。

星座とかそういうのに詳しくはないが、嵐が過ぎ去った夜空はキラキラと星々が輝いてとても綺麗だった。

月並みだなぁ。どこまでも平凡だ。そもそも、師匠が隣にいなければこうして星を見ようなんて思うことすらしない人間だし。

ちらりと師匠を見やる。夜空を彩る星の光に照らされて、師匠の深い青の瞳は複雑に輝き、夜空の星を映すように艶やかな髪が、たおやかに息づいている。

魔女本来の、幻想的な美しさ。

「もう、終わりなんだよね。こうしてスバルくんとずっと一緒っていうのは」

「それは……」

どう答えるべきか。ずっと一緒にいる、なんて言うだけなら簡単なんだろう。けど、それはきっと甘えだ。未熟な俺では、まだその先の答えを差し出す権利がない。

「少し肌寒いね」

答えないままで口ごもっていると、師匠はぎゅっと手を握って、俺の肩に顔を寄せてくる。

確かにそこにいると実感させてくれる。

「……ん」

肩を抱き寄せてみる。師匠と俺はその後しばらく何も言わず、ずっと星空を見上げていた。

※※※

まだ学生たちが授業に明け暮れる昼下がり。私、クレスティア・ヴァレンティヌスの元に、一人の来客がありました。

「あらアルティマイアさん、どうかなさったのですか？」

深刻そうに私の研究室を訪ねて来たアルティマイアさんに応対します。

もうあまり驚かない……というのは失礼でしょうか。元々恋愛のお話は好きですし、敬愛する彼女の力になれるというのは大変嬉しいことだと思います。悩みである以上、歓迎するわけにはいきませんが。

もっとも、あまり助けになっていないような気もしますが。助言は彼女の中で役立っていると は思いますが、なにぶん頭の回転が良すぎるのでしょうか。独自の答えを出してしまっているような気もしますし。

それで上手く行っているのなら複雑な気持ちですが。ええ。アルティマイアさんが幸せならばそれで良しとしましょう。

「それで今回は一体どのような相談を？」

「う、む……そうだね。ほら、そろそろ夏季休暇にはいるだろう？」

あー、なるほどなるほど。

日中の授業が無くなり、師弟によっては合宿を組んだり特別な日程で指導を行うことができる好機。この期間に得たものが将来の大きな糧となると言われています。

なんて色気のない話は置いておくとしましょう。ええ。夏ですもの。ちょっと開放的になって学生や魔法使いの本分を忘れて遊んでみても罰は当たりませんとも。私も弟子の子たちと一緒に小旅行にでも行ってみようという計画を立てていたりもしますし。

「ああ、そういえば知っていますか？　今年の……」

「そう、スバルくんが帰ってしまうかもしれないんだ！」

少し浮かれた私の声を、アルティマイアさんの沈痛な声が遮ります。

私はと言うと思わず呆気にとられてしまいました。

「そういえばお弟子さんのスバルくんは寮生でしたか」

とはいえ、アルティマイアさんを置いて故郷に帰るというのも……と言うかそのつもりなら、ちょっとお話を聞かなければなりませんが。

「スバルくんからそういう申し出があったのですか？」

「いいや、そういうわけではないのだけれど……何だかちょっと何かに悩んでいるような様子でね。聞こうとしても大丈夫ですとはぐらかすし」

「ふむ……」

まあ男の子の場合、ここで悩みを聞き出してもかえって意固地になるような気もしますし、難しいところですね。

「男の子というのはやっぱり、故郷に帰りたいって思う気持ちは強いものなのだろうか」

「そうですね。女の子よりそういう気持ちは強いように感じます。やはり黙っていてもご飯が出る親元というのは、望ましいものなのでしょうか」

思わずうっかりと虚飾なく語ってしまいました。

「でもアルティマイアさんが帰らないでほしいと言えば、それで済む話とも思いますよ」

「それはワガママというものじゃないか。スバルくんの師匠として、親元に帰って孝行をしたいというなら、背中を押して送り出してあげるのが筋というものではないかと」

その気持ちも弟子を持つ身として分からないでもありませんが……。せめてスバルくんの前では泣きそうな顔はやめておいてくださいね。

「そうですね。スバルくんの気持ちを何より大切にしたいという、アルティマイアさんの意思はわかりました。かといって、それで何もせず静観するしかないかというのも、また違うかと思います」

「と、言うと？」

「結局のところ、ここで重要となるのは故郷に帰りたいという感情と、アルティマイアさんの元に留まりたいという感情。そのせめぎ合い。葛藤です。であればアルティマイアさん自身の行動で、その感情の天秤を少しだけ傾けたとしても、それはスバルくんの意思を傷つけたことにはならないでしょう？」

「なるほど……。となると、どうなんだろう。例えばスバルくんの好きな故郷の料理を振舞ってみるとか？」

「……んー、どうでしょうか？　それを突き詰めてみても結局、似て非なるものにしかなりませんし、かえって郷愁の念を煽るだけかと。要するに、スバルくんにとっての第二の故郷として、アルティマイアさんを深く意識させることが重要ではないでしょうか」

「なるほど……つまりスバルくんのもう一人のお母さんになってあげればいいんだね」

そうなりますね……比喩ですけれど。

「うん。やはりクレスに相談して正解だったと思う」

「うふふ、力になれたようで光栄ですわ」

それにしてもアルティマイアさんとは、スバルくんとのお話しかしていないような気がしますね。不満というわけではなくて、私としてもこのお二人のお話はむしろ望むところと言いたいですが、やはりもう少し個人としての親交を深めたいところです。

ああ、そうですわ。

「アルティマイアさん、夏季休暇中に開催される学園祭について何か予定は組んでいますか？」

この学園における学園祭というのはおおよそ一般にイメージされるものとは違いますが。

まず、この学園では学年ごと、クラスごとのまとまりというのは少なく、出し物は師弟関係を結んだ各研究室単位で行われます。そのため、師弟関係を結ばない新入生のうちは、既に師となる魔法使いを決めているのであれば許可を得て参加することもありますが、大多数は見学という形になります。

その発表形式は師の定めた課題をこなす、あるいは弟子が師に自らの力を示すなど様々ですが。

「よろしければ、どうか私のところでの出し物の準備を手伝ってくださいませんか？　要請は準備のお手伝いだけで、当日まで拘束しようとは思いませんから」

「……すごく気を遣われてはいないだろうか？」

そうですね。……正直に言うと、スバルくん一人しかいないアルティマイアさんのところだと出し物を企画するのも難しいでしょう。

そうなると、お二人の性格からして学園祭に顔を出すだけというのも気が引けるでしょうしそれだけではもったいないと思うのです。お二人の思い出として。

「そうだね、考えておくよ。まずはスバルくんを引き留めることからだけれど」

なるほど、まずはそれからでしたね。

アルティマイアさんが研究室を後にしてしばらく、ホッと一息ついているとコンコンとドアをノックする音が聞こえてきました。

その来客に、私は少し驚いてしまいました。

「スバルくん、どうしてここに？」

「はい？　課題の提出に来たんですが」

驚きが顔に出てしまったのか、スバルくんのほうがむしろ怪訝な顔で私を見ます。なるほど、すみませんでした。プリントを受け取り、呼び止めます。

「少しお話を聞かせてもらってもいいですか？」

「は？　はぁ……」

研究室内に招いたスバルくんは落ち着かない様子で縮こまっています。

何だか可愛いかも……おっと、アルティマイアさんに悪いですね。

「スバルくんは帰省など考えていますか？」

「はい？　いえ、今年は……」

「隠さなくても構いませんよ。知っています。スバルくん、あなたは今、そのことについて悩みを抱えていますね？」

多少強引にでも主導権を握っていたほうが、隠し事を暴ける可能性は広がると思い、大胆に問い詰めてみました。

まあ、的外れでもちょっと恥ずかしい思いをする魔女が一人いるだけですしね……なんて思っていたのですが、スバルくんの顔がみるみる歪んでいきます。

え？　本当に？

「あー……やっぱり、先生にはお見通しですね……」

スバルくんは観念したように、溜息を吐きます。

「それで、何か事情があるのですか？　アルティマイアさんを置いて故郷に帰らなければならない差し迫った事情が」

「はい？　いやいやいや、今年は帰らないでここに留まるつもりですよ……師匠の病気のこともありますし、俺がいない間に何かあったら悔やんでも悔やみきれません」

「……スバルくん……」

まあまあ。

何ということでしょうか。スバルくんはどこまでも真っすぐでした。

「では、何をお悩みなのですか？」

「……それは、その……休みなんだから帰って来い、って実家の方からせっつかれてまして、どう言い訳したもんかなと」

「……師の元で更なる勉学に励む、ではダメなんですか？」

「そんな殊勝な男じゃない、ってイヤになるほど知られてる相手なわけでして。師匠の病のことを知らせるわけにもいきませんし、どう誤魔化したもんかなと」

そうでしょうか。スバルくんは中々に真面目な学生だと結構評判になっているんですが。

まあ、それもよき師とのめぐりあわせということでしょう。

「そうですね。でも、スバルくんが真摯に向き合って説けばわかってくれると思いますよ」

というのは建前です。それができれば苦労はしません。だからちょっとした魔法（ズル）を使わせてもらいましょう。

「……とはいえ、それを言葉で説明するのも難しいでしょうね。いくつかこういう時のための、話法術を教えてあげましょう」

「ありがとうございます」

「いえいえ、礼には及びませんよ」

余計なおせっかいを働かせてしまったような気がしますしね、なんて。ですが、そうですね。

「先ほどはアルティマイアさんの身体のことが心配だって言ってましたけど、それだけではありませんよね？　それだけならここまで悩みませんものね」

「う、いや、それは……そうですけど」

赤面して口ごもっています。ふふ、いいですねこの反応。実に私好みです。

「ですから、恐れずにその素直な気持ちを伝えてあげてください。あの人は、そういうことが人一倍苦手でしょうし……なんて。言うまでもないことでしょうが」

「いえ……そうですね。肝に銘じておきます」

※※※

こうしてちょっとした懸念も解決し、俺は少しばかり軽い足取りで師匠の下に向かった。

「スバルくん、ちょっと疲れてない？」

研究室に入るなりそう言われたが、いえ、むしろ好調な方なんですが……何だろう。今日はやけに師匠が、優しい……イヤ、少し違うな。何というか、そう。過保護だ。いつも通りだと言われればそんな風にも思うけれど、何か違和感がある。

「耳掃除をしてあげよう」

ポンポン、とソファに座って膝を叩く。

「おいで」

何かおかしいな、と思いながらも抗いきれない引力のまま、師匠の膝の上に寝そべる。

「……お疲れさま、スバルくん」

いや、疲れるようなことはまだ……いえ。やらしい意味でなく。

「じっとしてなきゃダメだよ」

撫でられると同時にその声がまるで言霊のように響き、身体から力が抜けて、しばらく無言で耳掃除される。

「スバルくん、何か他にしてほしいことないかな？」

「は、してほしいこと、ですか？」

何だろうな。

師匠が俺を包み込んでくれるのはいつものことなのだが、妙に気が急いているというか不自然なように思える。

「スバルくん……」

しかし、こうして身体の内側を預けて、耳を蕩かせるような声をかけられると、割とどうでもいいような気がした。

「……ママって呼んでみて？」

「…………………はい？」

思考が散漫になってたが一気に揺り起こされた。え？　何？　ママ？　師匠ですよ師匠。

「むぅ、呼んでくれないんだ」

拗ねてる。しっとりとしたその声に後ろ髪引かれる気がしないでもないが……。

「いやいや、だって師匠は師匠ですもの……それに」

「それに？」

負けたくないなんて言うのはおこがましいことこの上ないが、これ以上この人と距離が開いてしまうともう一生隣に立てないんじゃないかと。ただの意地だ。

「……ふーん……そっか。一筋縄ではいかないとは思っていたけどね」

しゅるしゅると師匠の手が俺の胸元に伸びて、身体全体にのしかかってくる。

「ん、ちゅ、くちゅ、ちゅる……ぇろ……」

そのまま口づけを交わして、首筋に、鎖骨に。キスの雨を降らす。そのたびに身体から力が抜けていくのを感じる。

そのまま師匠は俺のズボンから肉棒を取り出して、撫でる。

「スバルくんのココは素直だよ？　甘えたいって泣いて、私の手のひらに抱き着いてきたし」

師匠のすべすべとした掌の感触と、押し付けられた柔らかな肢体で、一気に肉棒は勃起する。

我ながら節操のない身体の一部分に赤面してしまう。

「ん、ちゅ、すばるくん……」

そのまま師匠はしなだれかかって、俺の乳首を舐めながら肉棒をしごき上げる。

「スバルくん、おっぱいほしい？　ほしいよね？」

師匠は谷間を見せつけるように乱暴にローブを脱ぎ捨てて、控えめに膨らんだ小さめな乳首が俺の肌と重なる。

「ん……はぁ、んん」

そのまま師匠は少し身体をずらしておっぱいで俺の顔を包む。

俺は息苦しさに喘ぐようにおっぱいにむしゃぶりつく。

「……スバルくん……いい子いい子」

頭を撫でられて、本当に童心に返ってしまいそうになるが、まだ抵抗したい。

「ッ、それ、ダメ……！」

歯で傷つけないようにして乳首を挟み込んで、しごくように上下させる。

師匠の反応が変わる。母ではなく女に。余裕のない仕草でごしごしと肉棒の動きを速める。

「ッ……ァあっ!!」

甲高い喘ぎ声。師匠をイかせたことを確認して、俺も我慢できずに射精して、師匠の手を汚す。

「ん、ちゅ……ちっちゃいころから、いたずらっ子だったのかな、スバルくんは……」

吐き出した精液を舐めとりながら、少し責めるような目で俺を見る。

「じゃあ、今度はこっちで甘えさせてあげるからね」

俺にのしかかったまま、ゆっくりと師匠は膣内に挿入していく。

いつもより包み込まれている感触がする。入れた後、しばらく動かないでいたが、やがてゆっくりと動き始める。

ずぷ、ぬちゅ。大きく、ゆっくりとした動きで快楽を求めるというよりも与えるための動き。

肉棒全体が、まるで師匠の膣内に包まれて一体化したまま動いているような錯覚に陥る。

「んん……は、ぁ……っはぁ……」

その終着。肉棒が全て飲み込まれて膣奥を突くたびに、師匠は背中をのけぞらせて動きを完全に止める。

「ん、だめ……奥までスバルくんが入ってきて……感じ過ぎちゃう………スバルくんのママになるのに、こんなんじゃダメ、だよね……」

じゅぷじゅぷと愛液が噴出して、また重い腰を上げようとする師匠に対して、俺は思い切り腰を突き上げる。

「んひぃ!?」

その反動で、少し浮き上がって、再びゆっくりと腰が動き始める。

「甘えていいんですよね？　それを受け止めるのも……ママの役割じゃないですか？」

「スバルくん……んん、そう、かな？　そう、なのかな」

もうこれ以上は言わない、とまた腰を突き上げると、師匠はまた嬉しそうに甲高く喘ぐ。

「分かったよ、じゃあこれから搾り取ってあげるからね？　遠慮なく甘えていいからね？」

ゆっくりと、時たま突き上げて。そうしているうちにゆっくりと射精感がこみあげてくる。

ガンガンと腰を動かしてしまいそうになるが、師匠に甘えるようにしてゆっくりと積み上げて。

積み上げて……最後、思い切り奥まで飛び込んで射精する。

「ん、んんん!!　師匠っ！」

すさまじい勢いで膣内にどくどくと精子を注ぎ込む。

「ん、スバルくん。頑張ったね。よしよし」

中出しを受けて身を震わせていた師匠は、やがて俺の上に崩れ落ち、優しく頭を撫でてくれるのだった。


「え？　じゃあ最初からここに残るつもりだったの？」

「そりゃあそうですよ」

あれから、師匠が心配そうな面持ちで、夏季休暇の過ごし方を聞いてくるので詳しく話してみると、何というか、師匠は相変わらず変な方向に悩みを募らせていた。

何かと思えば俺の母親に対抗しようとしてたようで……いや、言っちゃなんですが俺の母親は普通のおばさんですよええ。師匠と比べるまでもないというか。

「そっか……それでスバルくんは私のこともママだと思ってくれる？」

「それはないですけど」

「むぅ」

不満げな師匠。いや、本当にそれはないです…………ないですよ？

「でもスバルくんも最初のころに比べたら随分と甘えてくれているような気がする」

そんなことは……あるのか？

うん、でもそれは師匠が段々と柔らかくなってきてるからではないかなと。

第3話　師匠の戦い

学園祭は夏季休暇の期間中に行われるが、その間は帰郷する学生も多いので、学園に残る生徒の人数はいささか少なくなる。

だが残った生徒たちはみな、それぞれの師のもとで熱心に準備に勤しんでいた。修行の成果を内外に披露する貴重な機会の一つだけに、緊張してどこか浮き立ってもいるのだが。

さて、俺はといえば、師匠を合わせても二人では出来ることも限りがある。それが無くても師匠の専門は実戦魔法なので出し物としては難しい。

「例えば演武とかはどうなんでしょうか？」

「んー……どうかなー。私の魔法というのは本気を出せば出すほど見てもつまらないというか地味になっていくんだよね」

最初に見た師匠の魔法。極限まで絞り込み、威力を一点に集中させて速度を高めたマジックアロー。

なるほど。確かに俺も何が起きたのか最初は正直わけがわからなかったし。

「それに出るのはスバルくん一人だからね。仮に披露の場を設けるにしても交代要員もなしにずっと出ずっぱりになってしまうよ。それは私が参加しても同じことだね……どうせなら二人で学園祭を回りたい、と思うし…………」

その問題もあったか。

結局、しばらく話し合って、どうにもならないという結論が出たところで、師匠からある提案があった。

「クレスが門下生たちと共に行う催(もよお)しに、私たちも人手として協力してくれないか、という申し出があってね。スバルくんもよければこの申し出を受けたいと思うんだ」

いつの間にそんなことを……。

まあ同性だし、俺にはできない話とかあるんだろうな……。なんて、気にしてても仕方ないか。


というわけで、師匠とともにクレスティア・ヴァレンティヌス先生の研究室の前に。

コンコン、と師匠がドアを叩き名乗ると何やら騒がしい。

何だ？　取り込み中か？　と思ったらすぐに音が止んで、どうぞという声が聞こえる。

そのままドアを開けると……

「イェ～イ！　ウェルカ～ム!!!」

パンパーン！　と魔法、か？　で派手な音と光で歓迎されて、後ろに倒れこみそうになる師匠を支える。

「あれ？　誰かと思ったらスバルくんじゃん。おひさー」

その中の活発そうな赤毛の女子が声を掛けてきた……同級生だっけ。何回か授業で会ったような気もする。

そしていつの間にか俺の近くまで来て、髪の毛を弄ってみたり服の袖を掴んできたりした。

「何だ。俺は珍獣か」

気づけば他の女子たちも遠巻きに見ているし……。

「何だよぅ、私とスバルんの仲じゃんか」

胸をいじくってくる。あだ名まで付け始めたぞ。

「はいはい。ハンナは離れてね。スバルくんも困ってるでしょ」

どうしようか戸惑っていると一人の人影が進み出てきて、ハンナ？ と俺の間に入って距離を開けた。

「ゴメンねスバルくん。今、ちょっとヴァレンティヌス先生は急用で席を外してるんだ。スバルくんはボクと一緒に来てくれるかな」

そいつは短髪でひときわ小柄で、一見儚げな印象すら受けるが、その瞳には不思議と力がこもっている。そのまま室内にいた女子たちに目を向けて、

「それじゃあみんな、くれぐれもフーデルケンス先生に失礼のないようにね」

「やだねぇイスカっちは心配性なんだから」

「……分かったかな？」

「うぃ〜……分かったよぉもう」

「はぁ……」

どうやらイスカ？　という子はヴァレンティヌス先生のいない中でのまとめ役らしい。

イスカに連れられた俺は学園の倉庫に備品を借り受けに来ていた。その道すがら、イスカに色々と話を聞く。

「まあ悪気はないいんだけどね。みんな。ただ女の子として興味津々というかね」

「いや、大丈夫だけどな」

心配なのはむしろ師匠の方だが……。

備品倉庫からイスカが持ち出したのは暗幕だった。意外に重い黒色の布地を手分けして運ぶ。

これ、何に使うんだ？

「うちでやるのは占いの館だよ」

「ふーん、それってヴァレンティヌス先生の教えを実践してるってことになるのか、参考までに教えてくれないか」

「占いっていうのは当たる当たらないっていうよりも、それで得た情報をどう扱うかっていうのが重要なんだよ。不幸な結果が出たならそのまま伝えるのが正解か？　っていう話だね。そこで占いで出た結果に対して、どういう風に答えるのがその人の為になるのか？　そういう話術を披露する」

「……それが教えの実践になるってのも、また変わってるんじゃないか」

「だねぇ。うちの師匠は魔法使いとしての才能はそれほどでもないけど、世の中を渡り歩く社交性というか、恋愛相談というか、そういう方面で活躍してる人だから」

んー、色々な魔法使いがいるもんだ。まあ、師匠も変わり種の中でも変わり種だろうからあんまり突っ込んだことは言えんが。

「それにしてもスバルくんが来てくれて助かったよ。やっぱり男手は貴重だよね」

「あー、確かに女の子が一人でこれ運ぶのは大変だよなあ……お前は力はあるみたいだけどさ」

「……あー、んー、スバルくんもなんか誤解してないかな」

「誤解？」

「……ボク男なんだなこれが」

「……………………おう、正直すまんかった」

いや、何となく気安いというか話しやすい気はしてたんだが同性だったか。

「いや、うん。いいんだよ。ハハハ……はぁ」

とか言いつつ割と気にしてるらしい。

「しかし男でヴァレンティヌス先生のとこに弟子入りってのも珍しい、んだよな」

「そうだね。ボク以外には今のところいないし」

「どうして弟子入りすることになったかって聞いていいか？」

「ん、そうだねー。元々、女顔のせいで女の子から相談を持ち掛けられることが多かったんだよ、恋愛相談。男の子の気持ちがわからないーとかそういうの。異性として見てないんだろうね。うん。まあいいんだけどね。悩める女の子の力になれたんなら」

「お前いいやつだなぁ」

「うん、ありがとう。本当は男らしさを身に付けるためにクレッセント卿のところに行こうとしてたんだけど……その途中でヴァレンティヌス先生に会ってさ『あなたは私の後継者となれる逸材です』とかなんとか……ま、後悔はしてないけどね。実際のところは」

笑顔をにじませながらイスカが語る。

「でもスバルくんにも男として見られてないってのは、ちょっとショックだったかなぁ」

「いや悪い悪い」

「……その点、スバルくんはちょっとたくましいよね……ぶっちゃけ童貞じゃなかったりしない？」

「ノーコメントで」

※※※

スバルくんが不在の間、私は一番苦手な、大人数の人間と一緒に過ごす、という試練を受けていた。

正直キツいけど、スバルくんも男手として頑張っている中で、私も頑張らなければいけないね。

「それで、この研究室では一体何をするつもりなのかな」

「占いの館っす」

と、さっきスバルくんと親しげに話してた……ハンナさん、だったかな。が話してくれた。

「ああそうそう、心配しないでもスバルんと話したことってそんなないっすから、別に気にしないでください」

「………別に、そんな気にしてないよ？」

「いやーせいぜいあれっすねー、たまに恋バナでちょっといいよねーとか、話題に出るくらいっすよ……あれ？」

落ち着こう。

私は小さく震える手で、手にしていた書物のページを次々にめくり続けていた。

うん。仕方ない。それは。本気でもない口ぶりだし、スバルくんだって誰かに告白とかされたらさすがに相談くらいはしてくれると思うし。うん。

「………何かすみません。そこまで気にされるとは思わず、揶揄（からか）うような真似して………」

「べ、別に気にしなくていいけど……」

「……………あとちょっと悶（もだ）える姿がかわいいとか思ってごめんなさい」

私は今どんな顔してるんだろうか。

ちなみに恋バナ？　で話題に出るとか本当なんだろうか……て尋ねるのもちょっと怖いから忘れることにしよう。

「占いをするというなら、そのための術式があると思うのだけれど、見せてもらってもいいかな？」

クレスの専門は確か求愛心理学だったかな。心理学という割にはカボチャを馬車に変える魔法とか、用途不明な雑多な魔法を習得しているようで、正直よくわからないのだけれど。

とにかく占いが専門ではないことは確かで、直に人と触れあうことによる心理の分析を主目的としているんだろう。

だから占いの技術それ自体は問題じゃない。手間を省くためにクレス自身が配布しているか、弟子たち自身で編み出したのかはわからないが、全員で共有が可能なマニュアルを作成していることだろう。

「わかりました、こちらが術式です」

「……ふむ……」

なるほど。水晶から垣間見るごくごく一般的な術式だね。そんなに精度も高くないけれど見え過ぎたらそれはそれで面倒だしそもそも学生の手に余る。

既存のものに改良を加えている……のはいいのだけれど。

「どうかしたんですか？」

「んー、そうだね。ここの呪文、は……演出のために必要なのかな？　けど、ここは丸々削ってもいいよ」

　あれ？　みんなぽかんとしているけれどどうしたことだろうか。

「え？　削っていいっていうのは？」

　伝わってない……？　うーん、教わってない、のかな？

「魔法の呪文というのはそもそも古人の遺したメモ書きのようなもので、何がどういう効果を発揮しているのかまだ完全には解明しきれていないんだよ。いわば、違う言語を操るようなものでね。何が正しくて何が間違っているのか、一見すると分からないものなんだ。複数の動作を同時に処理する術式を施す場合に、最も手っ取り早い方法は単純な文言の足し合わせなんだけどこの場合、実はこの時に複数の要素が絡まり合って無駄が生まれるんだよ」

　例えば『私は立つ』『私は歩く』の構文があったとして、この二つの意味を伝える場合『私は立つ。そして私は歩く』でも意味は通じるけれど文言が長くなってしまう。この場合、『私は』が重複しているからそこを削除することで呪文を短くできる。

「呪文を短くすることの利点はまあ色々あるけれど、魔法というのはそもそも呪文に魔力を通して発現するものだからそれが長いと必要とする魔力量も多くなってしまうんだよ。だから、学生が使うには………………」

「「「…………おぉおおおお……」」」

皆の唸る声に少し驚いてしまった。

「いやー凄いっすねフーデルケンス先生。授業受け持ってないって話でしたけど」

「そう、かな。これくらいは教えてもらっているものと思うのだけれど」

「いやいやうちらの師匠は、なんかもう感覚派ですし。パッと書いてカッとなってドンですよ」

「それに言っちゃなんですけど、腕とか頭とか魔法使いとしては色々と足りてないんですよねー、授業で出たとこの質問とかしても、てんで頼りにならんとですよ」

「その点、先生はなんかこう、クールですね。知的な女性という感じです。憧れます」

「そうそうヴァレンティヌス師匠とは大違いですね！　もうホントに」

「…………へぇ、皆さんはそんな風に私を見ていたんですかそうですか」

慌てて振り返ると、ちょうど入口の戸を開けて中に入ってきたクレスがいて、こちらを見てにっこりと笑った。

「いえ、いいんですけどね皆さん。私も分かっていますからね。ええ。至らぬ師ですみません……これからも一層精進してしごいていかなければなりませんね。特にハンナさん」

「ヒェッ!?　お助けぇ!!」

「そうかな。私としては羨ましい限りだと思うよ。口では色々と気安く言い合える関係を構築して、私にはできない使い道を模索することができるクレスを、私はとても尊敬しているよ」

素直に称賛の言葉を述べると、クレスは溜息を吐いて顔を赤らめた。

「それじゃーヴァレンティヌス師匠も来たことですし、これからヴァレンティヌス研究室恒例、女子会を始めたいと思います」

「「「異議なし!!」」」

「え、ちょ……」

私の動揺をよそに、みんなはカーペットを敷いて、そこに円陣を組むように座りこむ。中央にはお茶菓子までいつの間にか用意されている。

信じられないような手際の良さだった。

「えっと、あの……こんなことをしている場合なの、かな?」

「はい。たっぷり英気を養い、女の子としての感性を研ぎ澄ませる。そのための大切な過程です」

クレスは自信満々に言う、けれど……うん。郷に入りては郷に従え、とも言うからね。どういう意味があるのかはやはりちょっと分からないけれど。

「で、スバルんとはどうなんすか実際」

差し出されたお茶を吹き出すところだった。

「どう……って」

「いやいや評判ですよそりゃ。滅多に顔を見せない魔女が、スバルんと一緒にいるときだけ笑顔を見せて、その笑顔を目撃した人間には一か月くらい幸運が訪れるとか訪れないとか。縁起物として噂になってるくらいですわ」

そんな噂に……。

「行くところまで行ってるんですか」

「……それは、そう、だね。スバルくんには身も心も預けている、というか静かに死を待つばかりだった私に生きる希望を与えてくれたというか」

キャーっと黄色い悲鳴が響く。

お、面白いのかな、こんなこと聞いて。

「女の子はいつだって恋のお話に飢えているんですよ」

クレスがウィンクしながら補足する。

そうなのかな。学生時代の私には縁遠いことだったと思うのだけれど。

「そういえば、なんだけれど」

「あら、何か聞きたいことがあるのですか？　アルティマイアさん」

「……スバルくんといま一緒にいる、イスカってどういう子なのかな？」

思わず口を滑らせたように思う。浮気……っていうと適切な表現なのか分からないけれど。気になってしまっているのは確かだ。

「イスカっちですかー。イスカっちは真面目ないい子ですよー。今回の出し物だって最初はコスプレ喫茶にしようって話してたんですけどねー『いやそれ自分たちが楽しみたいだけだよね!?』って軌道修正して……」

「まあ、半分くらいはイスカっちにあれこれ着せて楽しみたいってだけだったんですけどね」

「だねー、なんだかんだでまとまりのない私たちが空中分解しないでいられるのも、イスカっちがまとめてくれるおかげだよ、うん」

そう、なんだ……いい子なんだね。

私は、悪い女なのだと思う。イスカさんがいい子だと聞いて、浮かんだのは安心ではなくて不安だ。

「まあそんな心配しなくたっていいっすよ。そもそもイスカっち男の子ですもん」

「え、そうなの?」

「それにイスカっちは……」

「もういいでしょう、そのあたりで」

「「はーい」」

クレスの一声で話題が止む。何だろう、イスカとクレスの間には何かあるのだろうか。

まあ、弟子の中でもかなり序列が高いことは見受けられるけれど。

「ああそうだ。コスプレ喫茶やろう、って言ったじゃないっすか。その時の衣装なんですけどねー。こんなのがあって」

これは……。

ハンナが取り出した衣装を見て、私は絶句してしまう。

「いやーこれ着るの、イスカっち最後の最後まで拒んだんだよねー。メイド服くらいならまだ大丈夫だったんだけど」

着たのイスカさん!? そっちはそっちで衝撃的だけど……なるほど。でもこんな衣装は確かに男の子だと着られない、だろうね。色々な意味で。

「せっかくだからこれ差し上げましょう。これでスバルんもいちころっすよ」

「……本当に？　スバルくん喜ぶ？」

みんながまたニヤニヤ見守っている気がする。

また迂闊なことを言っただろうか。

「もちろんっすよ。これで反応しなかったらもう。それはなんか変態的な性的趣向を持ってるってことですよ」

そうかな？　そうかな……。

「……んー、どうにもフーデルケンス先生って自信がないみたいに見えますよねー……何でですかねー。そんなバインバインでクールで知的で優しくてキレイで可愛くて、なんかもう反則っぽくねというか。もうどうせスバルんなんてそのおっぱいでめろめろなんですから、そんな恐る恐るする必要とかないでしょ絶対」

そんなことを言われても……確かに、自信がないと言われればそうだ。

それはきっと、スバルくんが私に与えてくれたものに対して、私がそれに見合うものを与えてあげられているのかっていう不安だ。

幸せ過ぎて、不釣り合いで、こんなことばかり考えてしまう自分が嫌になる。

「……アルティマイアさん、今年の学園祭の武闘会に出てみませんか？」

クレスが提案してくる。

武闘会。学園祭の最中に行われる魔法使い同士の力のぶつかり合い。

快復に向かっているとはいえ、療養中の身の私が出ても迷惑をかけるのではないか、と思っていたけれど……。

でも、私が、私の力を証明できるのはこれしかない。

そう思い至った瞬間、私の胸はうるさいくらいに鼓動した。

※※※

俺とイスカがヴァレンティヌス研究室に割り当てられた教室で設営に勤しんでいる間に、師匠が何をしていたのかよくわからなかったが、合流した時の師匠は妙に疲れていた。

「……スバルくん、ゴメンね……ごめんね……」

何があったんだろう。イスカは何か悟ったようだったけれど黙して語らず。あと女子勢が妙に生温かい視線を向けてるのが気になる。

まあ、二人きりになったら尋ねよう。

学園祭の準備ということで学園の中での宿泊は許されていて、毛布なんかも支給されている。

辺りも暗くなってきたところで研究室に集まり飯の準備を始める。何かと言われれば、鍋である。

まあこういうのは人数がいる、かつ夕食時くらいでないとやらないものだからな。

「スバルくん、今日はおつ……」

「あ、スバルくん、一緒に来て」

師匠に声を掛けられたと思ったら、背中を思い切りイスカに引っ張られた。

「あ……」

手を伸ばそうとしてそのまま固まってしまった師匠に何か言おうとしたが、さすがに首根っこを掴まれて苦しいので一礼してイスカについていく。

師匠も飯の準備に女子勢に連れていかれた。

俺とイスカはというと、食材……というか主に酒だが……の、運搬をしていた。割と腕に来る。

「こういうのは女の子にやらせるわけにはいかないからね」

「お前って性根は男らしいよな」

「そうかな。そう褒められると悪い気はしないよ……どうかした？」

おっと、ちょっとボーっとしてた。

「いや、師匠はどうしてんのかなって思って」

「……へぇ」

しまった。頭の中を垂れ流してしまった。

「気にしなくていいと思うけどね。それだけフーデルケンス先生のこと、想ってるってことでしょ？　そういうのをひた隠しにすることないよ。カッコ悪いことなんてない」

イスカはからかったりすることもなく、純粋に祝福して笑顔を浮かべる。

こいつは見た目よりもずっと大人びている、のかもしれない。

ただこれはこれで気恥ずかしさが半端ない……。

それから、何となく席順でイスカとくっつくようになった。必然というか、男と女では味の好みが違うし。とりあえず肉食えればいい男とは違うし。なんかあっちの方はおしゃれだな。チーズフォンデュとか始めてる。

「スバルくん、これもおいしいよ」

「ん？　おお、マジだ」

師匠は……女子たちに囲まれて声も届いてこない。いったい何を話しているんだろうか。ちょっと行ってみようか。

「いやー……行かないほうがいいんじゃないかなー」

と、イスカも止めてくるもんだから、そのままお開きになって男女別々で寝ることになって、その日はことごとく師匠とすれ違っていった。

こっそりと抜け出して、夜空を眺める。

「……はぁ……」

思い出すのは、二人きりで過ごした嵐の夜の最後の光景。

まあ長期休暇といっても、一日中つかず離れずとかそこまで期待しているわけでもなかったが。

夏季休暇に入る前は、普通に他の授業に出て師匠と離れる時間だってあったってのに……気にかかってるのは、師匠がたくさんの人間に囲まれてるのを見たから、かな。

それはそれで楽しい経験で、師匠が今みたいに引きこもってないで沢山の弟子に囲まれて……そういう光景を想像して祝福したいと思う気持ちも嘘じゃない、んだけれど。

あー全く、情けない。

「スバルくん……？」

後ろから声を掛けてきたのは、師匠だった。

「師匠？　何でここに？」

「ちょっとね。落ち着かなくて」

師匠は俺の隣に寄ってきて、肩に寄り掛かる。

「……ん、やっぱりスバルくんのそばが落ち着く」

そのまま腕を胸元に抱くようにして…………背中をつねってきた。

「スバルくんはどうなのかな？」

少しだけ頬を膨らませて、上目遣いで見つめてくる。

「男の子にはおっぱいついてないんだよ？」

腕の力をぎゅっと強める。

「ゴメンね……変なこと言ってる自覚はあるんだけど」

「師匠……」

「スバルくん、ちょっと二人きりになろう？」

断るはずもなく、俺たちはいつもの師匠の研究室に向かった。


「ちょっと待ってて……」

と、師匠に言われて扉を隔てて待つ。耳を澄ませると、何やら衣擦れの音が聞こえる。

着替えてる？　何で？　と激しく気になったが、あまり詮索しては趣味が悪いだろう、とそれ以上は考えずに待つことにした。

「いいよ」

師匠の声が聞こえて扉を開けると、扉に手をかけたまま固まってしまった。

「う、どう、かな？」

もじもじと恥ずかしげに身をよじる師匠。

肩口の師匠の白い肌が、ランプの灯りに照らされる。黒い革製の服が鈍く光って、師匠の頭上にもぴょこんと生地が伸びているのがわかる。

師匠は、バニーガールだった。

「な、なん……で？」

ごくりとつばを飲み込んで、カラカラののどから辛うじて声を絞り出した。

「いや、そうだね。うん。その指摘はもっともだと思う。何というかだね、あそこは、実はコスプレ喫茶というのを企画段階としてあげていたらしくてね。その試作品というか、それを貰ったんだよ」

それは理由にはなってないとは思うが、まあ、正直言うとどうでもいい。

「ん、ちゅ、ふぁ……スバルくん……」

瞬時に師匠を抱きすくめた俺は、口づけしてそのまま覆いかぶさる。二人で床に倒れこんだまま、胸元に手を伸ばす。

サイズが少し……というか大分、合ってないような気がする。師匠の大きなおっぱいが零れ落ちそうで、触れるまでもなく小さめの乳輪が少し覗いてる。

「ん、そう、だね。少しは調整してもらったのだけれど……大きすぎた、のかな。途中で諦めてもらったんだ」

「こんなんじゃ人前に出られないですよ」

出るって言っても、全力で止める。こんないやらしい衣装の師匠、他人に見せられない。

「別にいいよ。スバルくん以外に見せるつもりもないし……」

人に見せない姿を俺にだけは見せてくれる、なんて。そんなことを言われただけで頭の中が沸騰しそうだ。

「ん、ちゅ、ふぅ……ん」

口づけしながら、足元に手を伸ばす。網タイツから上に手を滑らせて、師匠のおま○こに辿り着く。

食い込みがすごい。ムダ毛の処理はいらないですものね。

「そうだね、ああ、ちなみにイスカくんはこれ着られなかったんだって」

どこか勝ち誇ったように言う。

「スバルくん、おっぱいより、今日は……ここ、触って?」

師匠が身をよじって四つん這いになり、お尻を掲げた。白い毛玉のしっぽが、ふりふりと揺れる。

「男の子のお尻より気持ちいいよ、多分、だけど……」

「師匠、何か勘違いとかしてません？　俺は、別にイスカと何かあったってことは……」

「本当に？　私には話せないことでも話せたりしない？　私では得られない安心とか、ない？」

それは……師匠だって、クレス先生にしか相談できないような、わかってあげられないようなことがあるんじゃないか？　なんて考える。

「イスカくんが、私がスバルくんとしてるようなことをしてるなんて、思ってないよ。分かってはいるんだけど……私のほうが気持ちいいんだよ？」

理屈じゃない。俺も色々と悶々としていて、師匠も多分同じようなものを抱えている。

それでいい、のかな。

「ん、ぁああ!!」

バニーガールの衣装をずらして、タイツを破り、挿入する。

「はぁ、はぁ……」

喘（あえ）ぎながら、師匠は何かを探すように首を動かす。

「スバルくん、近づいて……」

俺は師匠に覆いかぶさるようにして、口づける。

「あん、んちゅ、あむ……ふふ」

不格好に口づけて、少し苦しくなって離すと、師匠は少し笑う。

「なんだか、スバルくんに襲われてるみたいだね」

「そんなつもりは……」

「ない、のかな？　そっか……残念だね。スバルくんが襲ってくれるなら、それはとても嬉しいんだけれど」

俺は何か辛抱たまらなくなり、腰を鷲掴みにして思い切りたたきつけた。

パンパン、と師匠の柔らかな尻肉がはじける音が響く。

「ふぁ、スバルく、激しい、よ……」

抗議ではなくて喜色を浮かべて、ますます締め付ける。

「師匠……」

「ん、出して。思いきり」

後ろからおっぱいを鷲掴みにしてむちゃくちゃに揉みしだきながら、俺は師匠の膣内に射精する。

「はぁ……はぁ……ふぅ……」

少し疲れて、師匠に覆いかぶさるようにして身体を休める。

「ふふ、お疲れ様。スバルくん」

師匠が腕を首元に回してきて、俺たちは口づけを交わした。

さて、それじゃあ帰ろうか、ということで師匠と途中まで手を繋いで帰ることにした。

「師匠、そろそろ」

「もう少し大丈夫だよ？」

と、師匠の寝る女子部屋の前までついていくことにした。名残惜しく手を放そうとしたところで、

「待ってましたよお二人さん」

「ふぁ!?」

俺たちの手をがしっと掴む手があった。ヴァレンティヌス先生だった。

そのまま俺たちは室内に引きずり込まれ、誰ひとり寝ていない女子たちの真ん中に、並んで座らされる。

「あの、抜け出したのは悪かったと思ってますので」

「何を言っているんですか！　抜け出さなかったらぷんぷんものですよ」

はぁ……えぇ？

「そのまま二人で朝まで過ごすと思って、黙って送り出したのですが、帰ってきたのならば好都合です。このまま朝までお二人に話を聞きましょう」

女子たちはキャーっと黄色い声を上げる。

「あぅ……ごめんねスバルくん。巻き込みたくなかったのだけれど」

師匠が俺の手をひそかに取りながら目を伏せた。

まさか、師匠が囲まれて話していたのは俺たちのこと？

それから俺たちは、夜が明けるまで俺たちの出会いから何からを話した？　んだと思う。

何を話したのかは今一つ記憶にない。というか、うん。思い出さないほうが身のためだ。

「武闘会に出る？」

ヴァレンティヌス先生の研究室の手伝いに行った日から三日。急に師匠にそう告げられ、俺は面喰らった。

師匠がどういう心境で出場を決めたのか分からない。師匠の病気も快方に向かっているようなので、その具合を見るための試金石、か？

ともあれ、そういう事なら俺も腹を括らねば。

「それじゃあ俺も出ます」

「え？」

まあでも師匠はもともとソロで冒険者稼業をやっていたというし、調子を見るというなら武闘会というのはうってつけだろう。

師匠が俺の出場をあまり歓迎してくれておらず、困惑しているのは気にかかるが……。

「無茶だけはしないでくださいね。絶対に」

「それはスバルくんもだよ」

師匠が俺の手を胸元までもっていって握りしめる。

師匠にとってはまだまだ俺も頼りにならない弟子、の扱いなんだろうか。それを見返す……とまでは行かないまでも俺だって少しは成長してるって証明できればな。

うん、そう考えるとやる気出てきた。

それから、ヴァレンティヌス先生の研究室に顔を出しながら、師匠に稽古をつけてもらうという生活を送り、いよいよ学園祭当日を迎えた。

学園祭は二日に分けて行われ、武闘会はその一日目に開催される。学生の部と教師の部に分かれていて、まずは学生の部が、トーナメント方式で行われる。ちなみに男女で分かれていたりはしない。理由は、魔法使いとしての戦闘能力というのは男女で差が出にくいものだし、女性の参加者も少ないからである。

そして一回戦を控え室にて待っていると、応援にイスカが来てくれた。

「……うわ、スバルくんの相手、キッド先輩か……」

「知っているのかイスカ？」

「うん。今回の大会の優勝候補だって言われてる、クレッセント卿門下の異端児だよ」

「異端児なのかよ」

クレッセント卿ってあれだよな。戦闘魔法のエキスパートの魔剣士で、門下生は軍隊みたいに統率が取れている上にどこか気品漂う騎士のようだと評判で、男なら一度は憧れると評判の重鎮。

そこの異端児ってどんな人物なんだ。

「スバルくん」

と、緊張交じりに考えていると、ノックとともに声が響く。

「それじゃボクはそろそろお暇するね？」

イスカは得意げに笑みを浮かべながらウィンクする。気を遣わせたのだろうか。

「……スバルくん」

ドアを開けると、そのまま胸元に飛び込んできた人影。

俺の愛しい師匠の柔らかさをじっと噛み締める。

「怪我しないようにね。気を付けるんだよ」

「はい」

最後に師匠に抱きしめられて、やる気もみなぎってきたところで試合会場に臨んだ。

試合の場は屋外の闘技場。三十メートル四方の平たく土を固めた地面が戦うフィールドで、周囲の観客席では学園の学生が観戦していた。

「よう、お前がスバルか。噂には聞いてるぜ。是非会いたいって思ってた」

キッド先輩。気さくに話しかけてきた彼は、制服の上に軽装鎧、腰元に剣を装備しているボサボサ頭の男だった。

俺はいつもの制服姿だが、プレートくらいは仕込むべきだったか。

「冒険者……？」

第一印象で浮かんだのはそれだ。

「あー、そうだな。元々魔法学園に入る気なんざなかったんだが、冒険者になるんなら魔法を一つくらいは覚えないと、スライム一匹倒せねえぞって親に言われてな」

それはまた。

「でもま、入って何だかんだ楽しかったけどな。おっさんに会えたし」

おっさん？　まさかクレッセント卿のことか。話したことはないが中々の人格者で魔法学園随一の実力者といわれるクレッセント卿をおっさん呼ばわりって……。

なるほど。異端児だ。

「試合開始ぃいいいいい!!」

試合開始のゴングとともに、一直線に駆けてくるキッド先輩。

魔法を用いる前に剣による一閃で勝負を決めようという腹か。約束事というか、魔法の実力を測るという目的に反している。しかし、審判は止めない。ここで決着がつくようであれば、それこそ凡百ということか。

全く、俺でなかったらどうなっているか。

俺は向かってくるキッド先輩に対して、かばうように腕を振り上げて後ろに飛びのく。と同時にマジックアローを一本、ただし自分に出来る最速で放つ。

「ッ!!」

キッド先輩が仰け反る。

「……今のは、マジックアロー、か？」

剣で辛うじて受けられたが、勢いを殺し切れず頬を掠めたようだ。

「すげえな。この戦いが終わったら色々教えてくれよ！」

満面の笑顔である。毒気を抜かれるというか、どこまでも素直で気持ちがいい。

「けどま、俺も負けねえし」

そうして、キッド先輩は掌に魔力を集中させる。炎。ファイヤーボールか？

「そいじゃ、行くぜ！」

キッド先輩は用意したそれを放つのではなく、上空に軽く投げる。

いったい何を？　と見ていると、剣の腹で思い切り振りこんだ。

「なっ!?」

反射的に右に飛びのく。一瞬ののち、地面がえぐれるほどの勢いで火炎の塊が飛んできた。

おいおい何だこの先輩は。球技大会じゃねえんだぞ。

「楽しいなおい！」

心底楽しんでいる。俺もそれに乗せられるように心臓の動きを速める。

「ハッ！」

このままじゃ埒が明かない。一か八か、キッド先輩のファイヤーボールに合わせて魔力を放つ。

一点突破では取りこぼす。ではどうするか？　応用だ。ぶつかるのでは衝撃が殺し切れない。面で受け止めるようにして魔力を広げ、そのまま相殺させる。ついでに追撃のために後ろからもう一発マジックアローを放った。

「おぉ！　これを止めるか！　やるじゃねえか！」

上手くいった。だが意表を突けるかと思って一発多めに打ち込んだ攻撃は、フットワークで躱(かわ)される。遠い。今度はもう少し近づいて。

「じゃあこれならどうかね？」

今度はキッド先輩の周囲に、白い輝きが広がっていく。氷魔法？　とはいっても攻撃能力なんてないに等しい、ちょっと涼しい程度の粉雪だ。

それが、フィールド全体を覆う。

何を考えているのかは分からないが、チャンスか、と勇んで踏み込んだのが間違いだった。

「滑る!?」

何とか転倒は回避できたが、力んでしまい体勢を整えるのに隙を生んでしまう。

そしてその隙を見逃すほど、甘い相手ではない。いや、弱い氷魔法を敷いた理由は……。

「これで、終わりだ！」

スリップ。相手の転倒を誘うだけでなく、スケートの要領で相手の懐まで滑り込むことが狙い。自分にもリスクが高いだろうに、普通やるか？　やるのだ、この男は。

「負けて、たまるかぁあああ!!!」

とっさに剣を捨て、俺は目の前にきた先輩に組みついた。

「ッ!? いいねぇ! 最後まで楽しませてくれる」

氷上の肉弾戦。剣が掠めてあちこちに傷ができるが知ったことか。

俺に密着されて剣さばきが鈍り、決定打を与えられないと気づいたか、すぐにキッド先輩も剣を捨てた。

取っ組み合いになりながら、勝機を探る。ここまでくればこの先輩が氷上に慣れてようが何だろうが関係ない。

「ふっ、だがま、今回は俺の勝ち、だな」

しかし、最後。腕力で競り負けてしまった。仰向けに倒れた俺の頬を少し掠め、フィールドに剣を突き立てるキッド先輩。その勝ち誇った顔を、俺は悔しく見つめていた。


「……」

「まあ、そう気にすんな。お前はいい線行ってたぜマジで。できれば決勝で当たりたかったもんだ。ま、相手が悪かったな、なんて」

「お世辞とか、いいですよ」

「……世辞じゃねえって。俺そんな気ィ遣えねえもん」

試合が終わった後も、キッド先輩は俺にしきりに話しかけてきた。そんなに暗い顔をしているんだろうか……しているんだろうな。控え室に戻る気にもなかなかなれず、キッド先輩の付きまといに付き合っていた。

「しゃあねえな。じゃあ証明してやるよ。お前を倒した男は、負けてもしゃーねえって唸るほどの男だってことをな」

そして、その言葉通りというべきか、キッド先輩はそのまま破竹の勢いで学生の部を制したのだった。


俺の武闘会は終わった。後は、師匠を支えることに尽力すべきだ。

だから、気まずいからってこのまま会わないでいいようなんて選択肢はない。

「スバルくん……」

控え室。二人きりで師匠は考え込むようにしながら、口を開く。

「結果として負けてしまったけれど、けして届かないわけではなかったよ」

それから師匠はアドバイスをしてくれた。あの時にこうしていれば、あの時は……。

しかし、その判断ができていないということが結果であって。

「すみませんでした、師匠。今度はうまくやってみせますから。俺は大丈夫です。それより師匠を……」

俺は笑えているだろうか。堂々と強がれているだろうか。

「スバルくん……」

師匠は俺のことを全身で抱きしめて、頭を胸の中に抱えるように抱き寄せる。俺はつまずきそうになりながら、師匠の胸元に転がり込む。

「ししょ……」

「ねえスバルくん。私は頼りないのかな？　スバルくんは頑張った。それは私も見ていたからわかってる。勝てば……うん、喜ぶけれど」

何だ？　口ごもったような気がするけど気のせいだろうか？

「負けたって、その悔しさを一緒に分かち合いたいって思うんだ。傷口を広げてしまうようなことを言っているのかもしれないけれど、でも。一人で立ち直られるのは、寂しい。打ち明けてもらえないのは」

ああそうか。

俺は自分のことばかりで……。

「スバルくん。頑張ったね」

師匠が俺の頭を撫(な)でて、それを皮切りに涙が零れ落ちた。

師匠は、涙が伝った頬に口づけて、ぽんぽんと背中を叩いた。

「……あ、そうだ。スバルくん、ケガしてたんだね」

頬に一筋、あとは腕やらなにやらに切り傷や擦り傷ができて血が滴っていることに、師匠のローブを汚してしまってから気づいた。

今まで気張っていたせいか、痛みがようやく走ったような気もした。

「ん、ちゅ……ぺろ……ぇろ……」

「ちょ、師匠!?」

師匠はテキパキと俺の服を脱がせると、こともあろうに傷口を舐めとりはじめたのだ。

「手当てしないといけないからね。その前に、消毒しないと……あと、そうだね。魔力の補給も兼ねて、かな」

そういえば、そうなのか。元々、血液で補給するという話ではあったし。

「あむ、れろ、んん……」

師匠の舌の動きを傷口、皮膚の内側で感じる。

じんわりと痛みが溶かされていくような感覚。むしろちょっと気持ちいいまである。

師匠は舐めるのと同時に俺に包帯をして、手当てを進めてくれた。

「ん、ぐ。はい」

ボーっとしていると師匠が包帯を巻き終わったようで、声を掛けてきた。

そろそろ師匠の試合も始まる頃合いか。

「師匠。頑張ってください」

「うん。スバルくん。見ててね……こういう言い方は性格が悪いかもしれないけれど、スバルくんの分も頑張るよ」

そう言って師匠は控え室をあとにした。


「よースバル、こっちこっち」

観客席で手招きしてきたのはキッド先輩だった。そしてその隣はキッド先輩の剣で場所取りされていて、さらにその向こう隣にはイスカの姿もあった。

「スバルくん、残念だったね」

「はは、ちょいとばかり惜しいとこまでは行ったと思ったんだけどな」

「だよなー、ぶっちゃけ俺も一番ヤバかったのはスバルが相手ん時だったよ。ま、お互いに気力体力十分の時に当たって、むしろツイてるって考えることにしたけどよ」

「うん、先生たちもスバルくんとキッド先輩との一回戦が一番見ごたえのある試合だったたって評価されてたね」

うん、もう大丈夫だ。冗談交じりで話題に出せる。気負いもない。

もし、師匠に吐(は)き出さなかったら、きっとまだこんな自然に話をすることは出来なかったんじゃないかって思う。

「あ、もうすぐフーデルケンス先生の試合が始まるよ」

「へえ、あれがスバルんとこの師匠か」

会場がにわかにざわめきだす。師匠のことを知らないか、あるいは知っていてか。この大会にとっての最大のイレギュラーだ。

その渦中にいる師匠はひどく落ち着いていて、長い前髪から覗く青い瞳は涼しげに相手を見据えていた。

「相手はヴァース先生か……年甲斐もなくよくもまあ出るもんだ」

相手方の先生は若干背が低いものの恰幅のいい老紳士だった。

顔中を覆う白い髭(ひげ)を撫でながら、余裕のある人懐こい表情で、しかし瞳の奥には油断のない輝きを秘めている。

「ヴァース先生は確か土木魔法の専門？　だったかな」

「あの爺さんは毎年毎年血が騒ぐとかいって参加してるもの好きだ。経験は豊富で小細工は通用しねえだろうな」

師匠は決して無理は出来ない。果たしてどんな戦いになるのか。師匠のまだ見えていない底を垣間見ることは出来るのだろうか。

「試合開始ぃ!!」

バタン……。

「「「え？」」」

掛け声とほぼ同時に、会場中が呆気にとられる。

師匠の対戦相手だったヴァース先生は、既に倒れ伏していた。見ると、師匠は片手を掲げている……すでに、何かした後、なのか？

ヴァース先生は、くるっと立ち上がり、ハッハッハと大笑いしながら、審判に駆け寄り。

「ギブアップです」

敗北を宣言し、師匠に勝利が言い渡されるが会場は混乱し、あるいは感嘆し沈黙に包まれる。

「……はぁ、すげえな。スバルんとこの師匠。あんだけの正確無比な一撃をあんな短い動作でやってのけるのか」

「キッド先輩には見えた、のか」

「まあこんなもんは慣れだよ慣れ」

「……ふざけるな!!」

と、観客席から試合フィールドに飛んでくる影があった。

「ヴァース師匠。何故負けを認めるのですか？」

ヴァース先生の弟子、か。まだまだ五体満足、というかダメージを受けたのかどうかさえ俺にはわからないことから考えるに、不可解と思ったのは自然か。

「まさかとは思いますが、不正……八百長に加担しているのではありませんか」

そう言って彼は師匠をにらみつけてくる。俺はそれに衝動的に立ち上がった。

気持ちはわかる。逆の立場であれば俺だってそうしたかもしれない。けれど、その理屈とは別の部分で、師匠への、大切な人への侮辱を我慢することができるわけがない。

俺も乱闘覚悟で駆けだそうとしたところで、大気が震える。

「見苦しいッ！！！！！」

まず、剣が深くフィールド中央に突き刺さる。そしてその主が上空から、轟音とともに落下してきた。

白髪をオールバックに流し、髭を整えた老紳士。詰襟服の上に紋章の施されたロングコートを羽織り、その下には鋼のような肉体があることがうかがえる。

「て、おっさん」

キッド先輩が呟（つぶや）く。

そうか。ただものじゃないとは思ったが、あれが、クレッセント卿……。

「ヴァースの弟子よ。貴様は分からなかったのか？　あの攻防が」

「攻防も何も、いきなり倒れ伏したようにしか……」

「その程度の眼力で難癖をつけたのか……嘆かわしい。実に嘆かわしいことだ」

「クレッセント卿。この子はまだ若く未熟な身で……」

「そういう意味ではない。ああ確かに学生に先ほどの攻防を理解しろというのは無理があるやもしれぬ。だがな、お前の弟子はそれを理解しようと努力すらしなかったのだ。そこに確かにある現実を、考察し、分析することを放棄した。それが嘆かわしいと言ったのだ。我ら魔導の道は違えど、真理を探究する精神を同じくする輩であるはず。その責務を放棄するなど、まかりならん」

クレッセント卿は剣を取り、地面に突き立てる。キィン、と金属音が響き渡る。

「皆も、よいか。もしも先ほどの試合をつまらんと断じるのであればすぐにこの場を去るがいい。何の為にもならん。だが、もしも武の道を垣間見たいと望むのであれば、ここにいるフーデルケンス女史の勇姿を見届けるがよかろう」

その声はどこまでも響き渡る。そして、そののち、大いなる歓声が沸きたち、師匠に勝利の祝福を与えた。

「フーデルケンス女史。貴殿の身体のことは聞き及んではいた。本来ならば万全の状態の貴殿と剣を交えたかったところではあるが……まあ、それは高望みというものか」

クレッセント卿は剣を収め、悠々と背を向けた。

「決勝で待つ」


試合が終わって、師匠の元に駆け付ける。

「師匠、まずはおめでとうございます」

「うん、ありがとうスバルくん」

まずは賛辞を送りたかった。俺が突破できなかった壁を師匠は突破して見せたのだから。色々と状況は違うが。

それとは別に……

「師匠、身体は大丈夫ですか？」

やはり聞いておかなければならないだろう。師匠の判断に任せるしかないけれど、絶対無茶はしないように気を付けておきたい。何か変調があるなら、すぐにでも止めるよう進言する。

「うん、大丈夫だよ。今まで、スバルくんからもらってきた力で、私の体調も随分と回復しているから……それに、すぐに負けを認めてもらえたからね」

負けを認めてもらえた……か。

「うん。当たり前だけどヴァース先生には、闘う余力は十分に残っていたからね。それでも負けるつもりはなかったけれど……粘られれば、今以上に消耗していた。気を遣ってもらった、というのは確かだよ……とはいえ、いつまでもそうはいかないだろうけれどね」

師匠は顎に手を添えて、考え込む。

「……師匠、無茶だけは」

「分かってるよ。スバルくんにあまり迷惑もかけたくないしね」

師匠の声色は誠実だし、嘘はないと思う。

けれど、何故だろう。どこかその瞳の奥には、危険な輝きを秘めているような気がする。無茶をしかねないというか並々ならぬ決意のようなものを感じる。

そうだ、分かってるんだ俺は。だが、生き方も希望も、何もかもを失ってただうずくまるように生きていた師匠の姿を知ってる。その師匠が、何か望みを見つけたのなら、俺はそれを支えたいと思う。止められるわけがない。

せめて何か力になれれば、と思うんだが……

「スバルくん、お願いがあるのだけれど」

と、考えていた矢先に師匠からの提案があった。

お願い？　聞き返す前に、唇を塞がれた。

「んん!?」

「ん、くちゅ、あむ、ん……」

思い切り首に手を回して強く密着してくる師匠は、そのまま激しく舌を入れてくる。俺は腰をかがめて、驚いて反射的に噛みついたりしないよう努めた。

「はぁ……はぁ……」

そのまま、体感として長く長く。実際としてはそうでもないのか。

「さっきも、少し消耗してしまったからね。スバルくんの力を、補いたかったんだ。ゴメンね、返答を聞いてからにしたほうがいいと思ったのだけれど」

「いや、断るわけもないですし、それは、いいんですけど」

「うん、ありがとう」

最後に、師匠は俺の胸元に顔を埋める。

キスまではまあ分かるとしても、抱きしめることにいったい何の意味があるのか、それを尋ねるには多分、まだ早い。

「それじゃあ行ってくるね。次も勝ち抜いたら、またお願い」


それから、二回戦、三回戦と順調に師匠は勝ち進んでいく。

幸運というべきか、一回戦と同じように一撃で勝負を決められるように動き、何とか消費を抑えて駒を進めることができた。

その裏で……。

「あむ、ぇろ……ん、ちゅ、じゅるる……！」

キスだけでは心許ない、と師匠は俺の肉棒に舌を伸ばしていた。

「じゅるる……！　ずぼぼぼ！」

時間がない、ということで下品な音すら響くくらいに激しく吸い付く。

「んぐ、んんん!!!」

喉を打ち付ける精液に苦しそうにする師匠だが、一滴も逃さないように、ごくごくと飲み干していく。

俺はそれを止めることもできず、せめてと頭を撫でる。師匠は目を細めて、上目遣いで見つめ返してきて、また節操もなくびくびくと肉棒を震わせてしまう。

「それじゃあ、また」

俺の精をたっぷり搾ると、師匠は颯爽と試合に向かうのだった。


そして準決勝も勝ち進んだ師匠の、決勝の相手は……あのクレッセント卿。俺が敗北したキッド先輩の師でもある。

「……厳しい戦いになる。正直、以前の私でも勝てるかどうかわからない相手だよ」

今までのようには間違いなくいかない。けれど、だからといって諦める気は全くない。言外に、その瞳は訴えていた。

「スバルくん……」

師匠の身体は少し震えていた。

師匠ほどの人でも、不安や緊張を抱かざるを得ない相手。

「スバルくん、こんなところで、とは思うのだけれど、抱いてくれないだろうか」

「は……いやでも、試合も控えてますし、体力だって……」

「うん、それも分かっているよ。でも、それよりも……スバルくんを感じるほうが重要だと思うから……」

俺はそれ以上は言わず、師匠の身体に触れる。

「ん……」

誰も入ってこないよう入り口の扉に師匠の身体を押し付けて、少し乱暴に師匠のローブを暴く。

師匠の片足を持ち上げるようにして、壁に手をついて、下着をずらし挿入する。

「はぁ……はぁ……」

立ったままの姿勢でお互いに少し苦しい。師匠の両腕も、俺の腰と肩に回されて密着する。胸板で師匠のおっぱいがぐんにゃりと歪んで、少し煩わしいかも、なんて内心笑った。

けれど早く済ませなくては、と腰を動かし始める。

「ん……！　ごめん、ね、忙しなく、してしまって。本当はゆっくり気持ちよくしてあげたいのに…………この戦いが終わ……ッ!?」

師匠の身体を思い切り突き上げて、唇に吸い付く。

縁起でもないことを言おうとした師匠を抱きしめて何も言えなくする。

「ん、ふぁ、はぁ……スバルくん、思い切り、出して。私の中に、たくさん、スバルくんを……そうしたら、私は……がんば、れるから……！」

師匠の言葉で刺激され、慌てるように奥まで突き上げて、射精する。

「ん……んん……」

肉棒を抜くと、師匠は零れないように少し力むようにして、下着を穿きなおす。

「ちゅ……」

最後に、俺と軽く口づけを交わして、師匠は扉を開ける。

「スバルくん、見守っていてね」

最後に少し赤面しながら振り向いて、師匠は決勝戦に向かった。


イスカ、キッド先輩と並んで座り、観客席から師匠の様子を見守る。

「さて、フーデルケンス女史。一つ忠告があるのだが」

クレッセント卿は静かな口調で語りかける。

「もしも、敵わぬと判断したのであれば、無理をせず退いてほしい。それがお互いのためだ」

頭が沸騰しそうなのを抑える。

クレッセント卿の言っていることは何も間違ってはいない。事実、そうして師匠は相手に負けを認めさせて勝ち上がってきたし、逆の立場であればそうするのは当然だ。

唯一、既に勝ちを見据える傲慢さが癪にさわるが、それもクレッセント卿の培ってきた力に裏打ちされた真実でしかない。

「それなら私からも言っておきたいのだけれど……」

「うん？　何か」

「私が勝った時、私を気遣っていたから手加減していた、とか言うのはやめてほしいんだ」

クレッセント卿は呆気にとられ、やがて大声で笑い始めた。

「いや、ふむ。なるほど。そうだったな。これは失礼した。今この場に立つ強者に放っていい言葉ではなかったか」

クレッセント卿は剣を引き抜き、構える。

それだけで、観客席まで研ぎ澄まされた緊張が伝わってくる。

「では殺す気で行くぞ。せめて死んでくれるな」

挑発めいた言葉の応酬は、クレッセント卿を本気にさせる。

師匠も頷く。師匠の真意は分からないが、気遣われた状態ではなく本気のクレッセント卿を倒さなければその本懐を遂げられないということなのだろう。

「試合開始！」

そして、試合開始の合図が響くと同時。通常ならばここで勝負が決していた。

「ふむ」

キィインと、甲高い剣戟の音が響く。ぶつかりあったのは、師匠の攻撃とそれを迎え撃つクレッセント卿の持つ魔剣。

「……今までと比べると鋭く、威力も高いな。本気で刺す気で来たか」

全く見えなかったが、今までと同じく、いやそれ以上に鋭い師匠の奇襲は、いとも簡単に弾かれた。

「この大一番で、魔力に全く乱れもない。実に素晴らしい」

それでも、クレッセント卿は、この目の前の相手はそれに対応することが出来る実力者であるということだ。

「まあ気に病むことはない。惜しむらくは……私の首を狙おうと四六時中付きまとってくるバカ弟子がいてな。……まあ、貴殿とは比べるまでもないほど粗雑だが。段々とつまらぬことばかり覚えるし、妙に腕も上げるし、調子に乗らせないようここ一年は気を張り詰めてばかりだったのだ」

「……何だよ、勝てりゃいいと思うんだけどなー」

あ、これキッド先輩のことか……。

うん、何となくわかる。正統派な魔法の使い方を教えたいと思ったクレッセント卿に対して、どこからか小細工ばかり覚えてクレッセント卿に勝負を仕掛けてるんだろう。

それを肯定されても困るから正面からねじ伏せていると。

苦労が偲ばれるというか、今この限りだと恨めしいというか……。

「それでも致命傷には至らないだろうし、受けてもよかったのだが……それでは諦めがつくまい。で、どうか。これ以上続けるか」

奇襲は失敗に終わった。

これは最後の慈悲であり忠告。クレッセント卿から勝利をもぎ取ろうというのであれば、師匠の命を削るような綱渡りを潜り抜けなければならない。

「勘違いしないでくれるかな。クレッセント卿。まだ格付けは済んではいない。ここで終わらせてしまっては、あなたとしても不完全燃焼もいいところだろう」

「ん？　ふふ、そうだな。正直、ここで降参されては、果たしてどちらが強者であったのか判断がつかぬ」

クレッセント卿は、悠然と足を進める。

それはさながら壁が迫るように、師匠との距離を詰める。師匠は、今まで試合で使わなかった箒に乗って宙を舞った。

そのままマジックミサイルで攻撃に移るが、クレッセント卿の剣がそれを阻む。

「おっさんは魔剣士。何でも家に代々伝わる魔剣の使い方を研究して資料の形にして後代に残すためにこの学園に籍を置いてるらしい」

キッド先輩が横から解説してくれる。

「あの先生は剣を弾き飛ばそうとしてるみたいだが……無意味だな。魔剣ってのは特別な魔導金属製で、魔力を吸収する性質があるから、魔力による攻撃なら魔剣で無効化……まではさすがに行かないがレジスト出来る」

師匠もそれが分かったのか、攻撃をやめて、背後……剣のリーチが届かないところからの攻撃を仕掛けようとフィールドを周回するが、クレッセント卿の視線は鋭い。

「さて、それではこちらもそろそろ反撃に転じようか」

師匠の猛攻の最中、クレッセント卿が剣を振るうのをやめる。何を、と考える間もなく、師匠の攻撃は彼の身体の周囲で弾かれた。

よく目を凝らすと、クレッセント卿の周囲に魔力が身体を覆う膜のように張り巡らされている。

「魔力を全身から放射して留めるオーラ闘法なー。あれかっちょいいから使いたいんだけど見かけより消費激しいうえに、魔力残量注意しながら使わんと最悪死ぬから、学生のうちは使うなって教えてくんないんだよなー」

今の師匠にとっては、自分の弱さをまざまざと見せつけられるような、魔力を湯水のごとく使う行為。

「見せびらかすようであまり使いたくはなかったのだが、まあ、致し方あるまい」

クレッセント卿は詫びるように口にする。そして、そのまま一閃、剣を振り下ろす。すると、斬撃が形を帯びるように、剣先から魔力の閃光が放たれる。

「魔剣ってのはモノにもよるが術者の魔法の補助が主目的だ。だから、剣を振り下ろすだけでもああして魔法が発動したりする」

師匠とクレッセント卿の攻撃魔法の応酬。速さに差はない。だが魔剣という補助と潤沢な魔力が込められたクレッセント卿と比べると威力が段違いだ。

次第に、師匠のローブが切り裂かれ、白い肌に赤い血がにじむのが見えてくる。

「……聞いてもいいだろうか」

クレッセント卿が剣先を下げる。師匠は息を荒くしながら、攻撃の手を止める。

ここで不意打ちを仕掛けることも容易だが、クレッセント卿の誘いに乗ることにしたのか。もっとも、不意打ちしようとしてもクレッセント卿には無意味と証明されているのだが。

「何というかだな。この状況が。私は、確かにフーデルケンス女史のことをあまりよく知りはしないのだが、不可解なのだ。私が知る貴殿であるのなら、そもそもこの大会に参加などしない。どういう心境の変化か。言っては何だが、注目している者などこの学園の中でも一部の層でしかないささやかな大会だ。私を倒したところで、何の意味がある？　名声などにこだわる人間でもなかっただろう？」

質問と同時に確認だった。

無理はしなくていい。そもそも得られるものはないのではないか？　そう、自分に問いかけてほしい、と。

俺だって、そう叫びたい。

「そうだね。私は、別に今こうして頑張る必要なんてないかもしれない。だから、これは私の心の問題だ……」

「それは意地か？」

「クレッセント卿、私は弱くなっただろうか」

質問に答えず問い返す師匠にクレッセント卿は気分を害することなく、顎に手を添えて考え込む。

「……それはそうだろう。病に侵されていなければ、潤沢な魔力があれば取れた戦略はあったはずだ」

「なるほど、それはそうかもしれないね。でも、私はそう思いたくなくなったんだよ。私は、強くなったんだと。そう証明したいんだ」

「そうか。なるほど、正直、よくわからんが、分からないままでいいのだろう。所詮私は貴殿の事情の部外者で、そして敵だ」

再び沈黙が降りる。そして、

「なっ!?」

クレッセント卿、そして観客席から驚きが漏れた。

師匠が、箒に乗ったまま一気にクレッセント卿への距離を詰める。だが、クレッセント卿が漫然とそれを許すはずもない。

魔剣を振り上げ、斬撃を飛ばすが、それが師匠の眼前で霧散する。

師匠も身体中に魔力をまとい、防御を固め、クレッセント卿の攻撃を防いだ。目の前の現象は分かる。だが、

「血迷ったか!!」

クレッセント卿は驚きよりもまず怒りを飛ばす。

ただでさえ魔力量が少なくなっている師匠が行うには自殺行為だ。次の瞬間には倒れ伏しても

おかしくない。

無茶。無謀。自棄になったとしか思えない。

「師匠!!」

俺は、立ち上がる。

観客も、審判も、師匠の無謀を止めようとしてる。けど、俺は――

止めない。師匠はそんなことをしない。俺は、俺だけは信じてる。

師匠は自棄になどなっていない。勝利を掴もうともがいてるのだ。

「いけええええええええ!!!」

それを見抜けていないことが、クレッセント卿の唯一の敗因だ。

クレッセント卿は師匠の身体を剣で牽制する。身体能力、そして武器持ちであれば師匠よりもクレッセント卿に接近戦では軍配が上がる。

通常ならば。しかし、師匠は刃を恐れず、むしろ向かっていくようにその手を刃にかざした。

素手で魔剣の一撃を止めた師匠の指から、血が滴り落ちる。クレッセント卿の身体が強張る。

師匠の身体を気遣ってのこと……だけではなく、気圧されていた。

師匠はそのまま箒を飛び降りるや、クレッセント卿を押し倒して腕を取り、関節技を極める。

魔剣を手放させるつもりか。しかし、クレッセント卿も並大抵のことで手放すはずもない。腕力で引きはがされるのも時間の問題だ。

その時だった。クレッセント卿の魔剣が斬撃の閃光を発動した。

ただし、師匠相手ではなく、内側——自らに向けて。

「バカな!?　血で魔剣の術式を書き換えたとでもいうのか」

肩口を自身の武器に切り裂かれ、クレッセント卿は戦場の誰よりも状況を理解した。そして、
だからこそ呆けてしまった。自らの絶対の信頼を置く魔剣。それを利用された。その事実に。

結果、意思を挫く。その隙に、師匠はクレッセント卿の魔剣を奪取し、その首元の大地に突き刺した。

ストン……。終わりを告げる音は思いのほか静かに響き、沈黙が降りる。

「ふ…………ハハハハハハハハハ!!!」

その静寂を破ったのは、クレッセント卿の笑い声だった。

「うむ、魔剣士が魔剣を奪われては敗北以外の何物でもあるまいな。いや、これほど気持ちのいい敗北も久しい。私の負けだ。認めよう」

「う……ぅおおおおおおおお！！！」

思わず叫んでしまう。そしてその叫びを皮切りに、師匠の勝利を祝福する歓声が響き渡った。

「師匠！」

俺はすぐさま師匠の元に駆け付けようと走る。

師匠が歩き出そうとしたところで、ふらりとぐらつくのが見えた。

「師匠！」

力なく倒れる師匠の身体に手を伸ばす。

「スバルくん……わたし、やったよ……」

「……師匠？　師匠！」

師匠を抱きとめた時には、既に意識がなかった。

「師匠！　しっかり！」

俺は師匠をそのまま抱きかかえて、一目散に保健室に向かった。


「外傷は治療しましたが魔力切れでしばらく動けないでしょうね。気休めですがポーションを置いておきます。起き上がったら飲ませてあげてください」

言い残して、保健室の先生は部屋を後にした。

辺りはもうだいぶ暗い。月明かりが差し込み始めた保健室で、まだ続く喧騒を遠くに、師匠の手を握りながら見守る。

「ん…………ん……」

師匠が目を覚まして、辺りを見た。

「……スバルくん、ここは……そっか。倒れてしまったんだね」

すぐに状況を理解したようで、繋がれてる右手を見て、少し微笑(ほほえ)んで握り返してきた。

「あー、迷惑をかけてしまったね。みんなに」

「いや、それはそうでもなかったんですけどね。武闘会で張り切りすぎて搬送されるって、実は割とよくあることらしくって、俺以外はみんなわりと落ち着いてて……俺ばかりが慌ててたっていうか」

だからといって恥ずかしいとか後悔したとかないけれど。

「師匠、おめでとうございます」

表彰式はもう終わってしまったけれど、贈られるはずだった賛辞を贈りたい。

「……ありがとう、スバルくん」

師匠はまた微笑んで、顔をゆがませた。

「……起きようと思ったのだけれど、どうも身体が動かない」

ふふ、と師匠は少し笑う。

「何がおかしいんですか？」

「……何だか、スバルくんが私の弟子になったときのことを思い出してね」

そしてちょっと顔を赤らめる。

「対処法は、知ってるよね？」

身動きできない師匠に代わって、口づけをする。

「……ん」

師匠に馬乗りになって、口元に肉棒を近づける。

「えろ……」

師匠の舌が肉棒を舐め上げて、その先の快楽を知っている俺の身体は節操もなく反応する。

「ごめんね、身体が動かないからスバルくんにしてあげることは出来ない。代わりと言っては何だけれど、私の身体を好きにしてくれていいよ」

弱り切った師匠は、それでも健気に口を開けて誘う。あの時よりも大胆に、師匠の口の中に肉棒を突っ込む。

「ふ、んむ……」

師匠の身体に負担を掛けないようにと、ゆっくりと肉棒を上下させる。師匠は唇をすぼめて、舌を絡めて快楽を運んでくるが、力が入らないせいか少し刺激が弱い。

「スバルくん、遠慮しないでもっと突いてもいいよ。私の喉奥まで」

師匠が誘う。

それこそ遠慮すべきとは思う。思うけれど、早く終わらせたほうがいいというのも確かだろう。そう言い訳する。

さっきまでクレッセント卿と高みの戦いを繰り広げていた師匠が、こんなにも弱って、俺の腕の中にいる。まるで自分のものみたいに扱える。その事実に興奮してる。自覚しながらも、止まらない。

「ん、んぐ、あむ……ぁが………」

苦しそうにする師匠。だが、それでもやめないで、と小動物みたいな視線を向けてくる。

師匠の頭を掴んで、喉奥まで叩くと師匠の目が潤む。

「師匠、出ます……」

「ん、んんんん!!!」

喉奥まで突っ込んだまま、射精を開始する。

「んぐ、ごく……んぷ」

喉が動く。飲み干している。時折舌でつついて催促するようにして、残っている精液も吸い出すが、そのせいともいうべきかまだ肉棒は力を失わずに口を塞いでいる。

「師匠……身体、どうですか？　立ち上がるくらいは出来ますか？」

「ん、そう、だね。支えてくれるなら大丈夫だと思うけれど」

「そうですか、なら……」

俺は師匠を抱えて、保健室の窓まで移動する。

「ちょ、スバルくん……？」

ローブをむりやりずりおろして、師匠のおっぱいの感触を楽しんでから、窓ガラスに押し付けて、後ろから貫く。

「ん、んんん!!!」

師匠が驚いたように喘ぐ。いきなり肉棒を突っ込まれて、うらめしげに首を後ろに向けようとするが、強引に前を向けさせる。

ひゅー……バンバン！

「あ、そろそろ花火が始まるみたいですよ」

学園祭一日目の締めくくりの伝統らしい。本当は武闘会が終わった後も、師匠と一緒に回れればと思っていた。だから、こうして一緒に最後の花火を見られてよかったと思う。

保健室は二階にあって見通しがいい。この場所は穴場だったみたいだ。まあ、花火を見るために出入りできるような場所でもないけれど、それでも師匠がここにいることを責め立てられはしないだろう。

「ほら、師匠、花火綺麗ですね」

「そ、れは、そう、だけど……ッ!!」

師匠は上空に打ち上げられた花火よりも、窓ガラスのほうを見て顔を赤らめる。

「……スバルくん、少しいやらしい顔してる」

「それは師匠もですよ」

「そ、んなこと……ひゃぁ!?」

腰を突き上げるのと同時に、また花火が打ちあがる。

「大丈夫ですよ師匠。みんな花火の方に夢中でこっちを注目してる人なんていませんよ」

ちらりと見た限りでは近くに人影もない。

「……スバルくんのいじわる」

意地悪か。確かにそうかもしれない。目立たないように暮らしてきた師匠にとって恥ずかしさは人一倍だろう。

それでもこうしてしまうというのは何というか、うん。人に見せつける気なんて無いが、この人は俺の師匠なんだって主張したいって感情がにわかに沸き立ってるのは確かだと思う。

「はぁ、あ、うん！　あはぁ、そこ……！」

師匠も段々と遠慮なく喘ぎ声を上げるようになってくる。とはいえ、花火の音にかき消されてあまり聞こえないのも事実だが。

「私、もう……」

「じゃあ、一緒にイきましょうか」

「うん、うん……！」

耳をつんざくような花火の音よりも、腰を打ち付ける音と師匠の喘ぎ声だけが頭の中に響く。

「スバルくん、イく、イっちゃうう!!」

そして、ひときわ大きい花火が打ちあがるタイミングで、俺たちは一緒に絶頂した。

「今日はもう遅いし、私の部屋に泊まっていくといいよ」

いそいそと身支度をしながら、師匠と明日の話とか、色々する。

「明日は一緒に学園祭を見て回ろうね」

「はい」

着替え終わって、保健室を後にしようとしたところで……師匠が何やら立ち止まっているようだった。

「……師匠？」

「ッ！　な、なに？」

声を掛けても気づかず、肩を叩いたところでようやく驚いた……というより少し怯(おび)えたように飛び上がる。

「どうかしたんですか？」

「いや、何もないよ……帰ろうか」

師匠が俺の背中を押して保健室を後にする。

ふと目に入ったのは、保健室の先生が置いていったポーションの空になった容器だった。

学園祭二日目、師匠とともに研究室を出て、校舎へと向かう。

「おースバル！」

その道中で、キッド先輩があらわれた！

「会えてよかった。探しに行こうと思ってたんだ。どうだ、一緒に見て回らねえか」

「は、いやそれはその……」

キッド先輩はどこまでもフレンドリーに話しかけてくる。

師匠はいつの間にか俺の背中に隠れている。キッド先輩のノリは耐えがたいのかもしれない。

そしてぎゅっと手を握ってくる。

「実は師匠と回る約束をしてまして」

「……あー分かるわー。俺もおっさんにとっ捕まりそうになったから逃げてきたんだ」

違いますけど。

「んーま、いっか。スバルの師匠ならおっさんよりかは話通じそうだし、気にしないで行こうぜ」

「あ、いやちょっと」

「何をしているのかこのバカ弟子が！」

突如、ゴン、と横からキッド先輩の頭にゲンコツが振り落とされる。キッド先輩は頭を抱えて悶絶している。

「全くお前ときたら案の定だ。クレッセントの名を穢すなとは言わんが、他者の迷惑を顧みろ」

クレッセント卿がため息交じりに、キッド先輩の首根っこを掴む。

「何だよー別に一緒に回ったっていいだろうよ、二人よか三人のほうが楽しいだろ」

「理屈だがな。万事それが当てはまるわけではないのだ。お前はもう少し男女の機微を学べ」

クレッセント卿は改めて俺たちのほうを向いて、頭を下げる。

「うちのバカ弟子が失礼した。これは私が面倒を見て貴殿たちに近づけないようにするので、安心するといい……ああ、そうだ」

クレッセント卿は胸元から封筒を取り出した。

「優勝賞品だ。トロフィーなども預かってあるがかさばる故、あとで研究室まで届けさせよう。会えてちょうどよかった」

「あ、ちょっと待ってほしい」

クレッセント卿が差し出した封筒に、しかし師匠は手を伸ばさなかった。

「何か？　敗者に鞭打つマネはやめてほしいのだが」

「私は、それを受け取れない。何かは知らないが、クレッセント卿が有効に活用してもらえないだろうか」

俺とキッド先輩は驚いて何も言えずにいる。クレッセント卿も顔をゆがませて、心底不可解だ、という気色を隠そうともしない。

「理由を聞かせてもらってもよいだろうか」

「私は……そもそも、大会に対して不純な動機で挑みました。その賞品の意義も価値も実は知りません。学園で積み重ねてきた大会の歴史に、土足で足を踏み入れた私には受け取る資格がないと思う」

クレッセント卿は困惑したように頭を抱える。

「よいかフーデルケンス女史。戦士というのは結果から目を背けてはならない。それは何も敗北に限った話ではない。望まぬ勝利などというものも、存外ありふれているのだ。それら全てを自らの糧(かて)としなければ、それは交わった者全ての尊厳を貶めることになる」

「……でも、私は……」

「師匠……」

師匠が何を思い悩んでいるのか分からなくて、歯がゆい。

「……ふむ」

師匠を見つめていると、そんな俺にクレッセント卿が興味深げな視線を向けているのに気づく。

「な、何でしょうか」

柔和な表情ながら歴戦の迫力ある目で見てくるからちょっと怖い。思わず……なんだ、師匠の前に一歩出て庇うような体勢になってしまう。そしてそれを見てクレッセント卿はうなずいている。いや何なの!?

「いやなに、道理で私が負けるわけだと思ってね」

なんて、口の端を上げて笑みを浮かべる。

「フーデルケンス女史。貴殿の根源は大体分かったがな。だが、この学園の歴史、と言ったか？

それこそ、貴殿のように思い悩み、闘った者たちばかりだ。何ら珍しくもない。その始まりが何であれ、思いの強さで私を押し切った。それが全てだ」

「クレッセント卿……」

「と、いうかだな。そういうことであればなおさらこれは受け取っておけ」

やれやれ、と溜息を吐くクレッセント卿は押し付けるように賞品を手渡す。

師匠が何で武闘大会に出ようとしたのか、何で受け取れないと悩んだのか……クレッセント卿には大体想像がついているようだが……それが何だか少しだけ悔しい。

「その気持ちも分からんでもないが、まあ情けだ。分からないままでいればいいだろう。十年もすればいい笑い話になる」

「まるで見てきたように言いますね」

率直に感想を述べると、師匠は何かに思い至ったようにクレッセント卿を見やる。

「まさか、クレッセント卿も……？」

「ふ、さてな」

クレッセント卿はキッド先輩を連れてダンディーに笑みを浮かべながら去っていった。

クレス先生が教える

アルティマイア師匠のちょっといい話

さて今日は私の敬愛するアルティマイアさんについて少々お話ししましょう。

講義を受け持っているわけではないので、生徒の大半は彼女のことを知りませんが、私たち学園に所属する魔法使いたちにとって彼女は学園きっての女傑として有名なのです。

どこから説明しましょうか。まず、彼女はこの学園の卒業生ですが、実は彼女には、特定の師と呼べる存在はいないのです。彼女は学生時代から学園長をはじめこの学園にいる様々な魔法使いたちと対等に議論を交わし、独自の理論を打ち立て、卒業試験へと臨んだのです。

そして卒業後は誰に相談するでもなく冒険者への道を歩むことを決め、学園側も彼女であれば何か深い考えあってのことだろうと信じて送り出したそうです。

生ける伝説と言いますか、まあ私自身この学園においては平凡もよいところなので魔法使いとして羨望の眼差しで見ていました。そうでなくとも、涼やかな面差し、抜群のスタイル、理路整然とした言葉、思わずときめいてしまいましたね。

さて、ここからが内緒のお話なのですが、実は学園長曰く「実は師を持たなかったのはただただ人づきあいが苦手だったからだ。冒険者になったのも多分深い考えはないだろう」なのだそうです。そして、「まあそれでもどうにかなってしまったのだからこちらとしては信じて送り出すしかない」ということだそうで。内心を知っていたのは学園長だけだったそうです。

そんな器用で不器用な彼女のことをいつも気にかけていたようで、病を患った彼女の身柄を学園長が引き取ったのはそういう事情もあるそうです。

それまでは私にとって憧れの存在であったアルティマイアさん。もちろん敬意が失われたわけではありませんが、それ以上に彼女にも苦手なものがあって、一人の人間だということを当たり前のように気づかされました。これからは、スバルくんと一緒に、学生時代にできなかった青春を取り戻してほしいですね。

第4話　俺と師匠

師匠と手を繋いで学園祭で賑わう校内を見て回る。

魔法で動かすバルーンアートや、ひとりでに糸が動き出してその場でオーダーメイドのあみぐるみを作る出店など、中々に見ごたえがある。

それに混じって普通にクレープやら串焼きやらの出店とかあるけど、これは一体何の成果を見るんだろうかとちょっと疑問に思う。

「おそらく、魔力の精密制御技術ではないかな。調理に最適な火加減というのは、魔法で再現しようとすると割と面倒なものなんだよ。それに、中に入っているフルーツ……外側だけ凍らせて外はシャクリと、中はジューシーに味わえるように仕上げてあるんだろう」

おお、なるほど。

「あ、スバルくん、退屈だったりしないかな？　こういう時にあまり小難しいことを考えないほうがいいんだろうな、とは分かっているんだけれど……」

「はい？　いやいや、楽しいですよ。師匠のお話」

まあ相手が師匠だからというのも大きいのだと思うが、気が合うというか師匠のペースが心地いいんだろう。

「……ねえ、スバルくん」

「何でしょうか？」

「気のせいかもしれないけれど……何だか周りから見られているような気がしない？」

「それは……」

俺が感じていたことでもある。

「師匠は、あんまり学園に顔を出したりしないですし、見慣れない人間がいればついつい見てしまうとかではないですか」

「通常ならばそれも分かるけれど、今は来賓の人も足を踏み入れている学園祭の最中だからね」

確かに。

「それにそういう視線の場合は警戒の念が強いものだけど……何と言えばいいのか、悪意は感じないんだよね」

それも分かる。何というか微笑(ほほえ)ましいものを見ているような、とでも言えばいいのか妙にむずがゆくなってくるような。

師匠の場合は人一倍落ち着かないことだろう。

「ああ、そうだ。昨日の武闘会で優勝したからじゃないですか？」

「……んー、そうなのかな？　言っては何だけど、そんな大した盛り上がりのある大会ではないと思うし……」

まあこうしていても答えも出ない、か……。

ああそうだ。

俺たちはヴァレンティヌス先生の研究室開催、俺たちも設営を手伝った占いの館に来ていた。

うん、こういう時は占いに頼るのが一番だ。

というか噂話に詳しいであろう女子たちに話を聞くのが手っ取り早い。

この時間帯にいたのはハンナ一人だった。まあ、元々そんなに人の往来がある類の出し物ではないし学園祭を楽しむこと優先なんだろう。

「うっはー！　噂の二人だぁあ!!　待ってたよ！」

ハンナは俺たちの姿を見かけるなり手を挙げて歓迎した。

「いやーよかったー。二人には色々お話聞きたいなあって思ってたからさー、イスカっちからは大体聞いてたけど」

「話？　昨日の武闘会のことか？」

師匠はここの女子に人気があるとはいえ、武闘会への女子の興味は薄いらしく、イスカに応援を頼んで観戦に来なかったようだが。

しかし、師匠が優勝したのは確かに祝福すべきことだと思うが、女子が食いつく話題だろうか。

「そうそう！　優勝したフーデルケンス先生。その姿を抱きかかえる一人の影」

「ん？」

「愛弟子のスバルん、師弟関係を超えた感情の赴くまま、お姫様抱っこして主役を攫っていったんだよね？」

「いやいやいや！」

ちょっと待った。そもそもあれは、何だ。倒れた師匠を介抱するために保健室に駆け込んだだけであって……て、待てよ？　そうか。イスカが祭りの雰囲気を壊さないように気を利かせてそう伝えたのか……。とすると否定するのもマズい、のか？

「……スバルくん、お姫様抱っこって、本当？」

「は、あーそれはその。そうですね。そんな形にはなったんですけど」

ハンナはきゃーっと黄色い悲鳴を上げる。

「そうなんだ……全然覚えてない」

そして師匠はしゅんとしてしまった。

「これはスバルんがお姫様抱っこで学園祭を回るっきゃないね」

「何でそうなるのか」

「え？」

驚いた声を上げたのは……師匠だった。え？

「見たかったわー。お姫様抱っこで主役を連れ去るスバルん見たかったわー。あ、そうそう。クレッセント卿のとこでやってる演劇なんて急遽題目変更したんだって。クレッセント卿の若いころの逸話を基にしたアクション活劇から弟子と師匠の恋愛劇に」

クレッセント卿のところでは演劇やってるのか。今まで練習していた台本もあるだろうに題目変更って。

でもそうだな。クレッセント卿が武闘会で負けちまったのに、武勇伝も何もないと言われれば責められないな……。

「さて、それじゃ二人の相性でも占ってみますかねぇっと……」

そしてハンナが水晶玉に向かって術式を発動させる。ややあって、ハンナは顔を少しゆがめた。

「どうかしたか？」

「いやー何でもない何でもない。二人とも相性ばっちりだよ！」

「そう？　そうだったら、嬉しいかな」

師匠が嬉しそうに顔をほころばせる。

しかし、俺はハンナにどこか引っかかるものを感じて問いただそうとした。

「さあスバルん！　いい若いもんがこんなところで油を売ってないで、さっさと学園祭を回りなさいな！　お姫様抱っこで！」

「は、え、ちょ……」

「スバルくん……」

師匠の期待するような目に耐えられるはずもなく、俺は腹をくって師匠を抱きかかえ、そのまま学園祭を見て回った。

学園祭も終盤。グラウンドのキャンプファイヤーの設営を遠くに見ながら、師匠と一緒に少し休む。

あの後、師匠を抱きかかえたまま歩き始めると、学園中はどよめき、やっぱりな！と口々に囃(はや)し立てられ、今まで遠慮していたのかウソのように声を掛けられ冷やかされることとなった。

「さすがに、疲れたかな。スバルくん、腕、大丈夫？」

師匠も慣れない人ごみに疲れの色を隠せないが、笑みを浮かべてる。

多分、俺もだ。

そして、キャンプファイヤーに炎がともされるとともに音楽が鳴り始めて、各々がそれに合わせて踊り始める。

「スバルくん、踊ろう」

礼儀として俺が立ち上がり、師匠がその手を取る。

周囲が踊るのを一旦やめて感嘆するのが聞こえる。ような気がする。

……いや、もういい。師匠しか目に入れないし、声も聞かないようにしよう。

お互いに慣れてないし、ダンスは稚拙だったと思うが、でも時間を忘れるくらいに楽しんで、祭りの余韻を味わった。

「そういえば……クレッセント卿からもらった武闘会の優勝賞品って何なんですか？」

「ああ、そうだね。そういえば忘れてた……けど………ぁ」

封筒の中身を確認した師匠の顔が、炎に照らされていても分かるくらいに、赤らんだ。

「何だったんですか？　いったい」

「……スバルくん」

師匠はギュッと背伸びして、耳元でささやく。

「夏休みの最後に、一緒に海に行こう」

封筒の中身は、リゾートへのペア招待券だった。


学園祭から数日、師匠とともに遠征……いや、旅行に出かける準備を整えた。ヴァレンティヌス先生とともに男子禁制で色々とやっていたのは気にかかるが。特に水着とか。水着とか。

それは楽しみに取っておくとして、馬車に揺られながら学園から遠く離れた港町まで向かう。

案内された宿は海にほど近く、ベランダからは青い海と白い砂浜が眼前に広がる。

それを眺めて、師匠が何やら考え込んでいた。

「どうかしましたか？」

「あー、うん………スバルくん、こういう素敵なところで初体験を迎えたかったかなと思って」

まだ言ってましたかそれ。

気を取り直して荷物なんかを置いて、早速海に泳ぎに行こうと提案する。

一応弟子としてさっさと着替えを終えて、先にビーチへ出ると、パラソルや何かを準備しながら師匠を待つ。

「お待たせ、スバルくん」

師匠がもじもじと身体(からだ)を手で必死に隠すようにして現れる。

「ど、どう、かな……?」

髪を束ねていつもより少し活発な印象に見える師匠。

藍色の大胆なビキニ姿で、豊満なおっぱいが少し窮屈そうに細い紐で持ち上げられて、谷間がたゆんと揺れる。

真夏の太陽の下に晒(さら)される師匠の白い肌。へそから腰まで綺麗な曲線を描いていた。

「……スバルくん?」

「はっ、いや、その……綺麗で、ちょっと見惚れてまして」

「そっか、うん。よかった。ちょっと大胆過ぎないかなって思ってたんだけど、スバルくんが喜んでくれたのなら、嬉しい」

にこりと笑う師匠が眩(まぶ)しすぎる。

仄暗(ほのぐら)いあの研究室で過ごす時間も好きだけれど、こうして明るい日の下で師匠が笑っていられる姿に、こみあげるものがある。

「さ、さあ、泳ぎましょうか、せっかく来たんですから」

「あ、いや、スバルくん……？」

俺は照れ隠しに師匠の手を引っ張って、海に潜る。しばらく泳いで、顔も冷えてきたところで後ろを振り返ると……師匠が海に顔を突っ込んだまま物言わぬ姿になっていた。

「ししょおおおおおおおおおおおおおおお!!!」

「泳げないなら泳げないって言ってくれればよかったのに……」

「うぅ、いや、泳げないわけではないんだよ。ただ……泳いだことがなかったというだけで」

それが泳げないというんですよ。

まあ経験がなくても勘でその場で泳げるようになる人もいるのだろうが、師匠の場合は当てはまらなかったようだ。

「というかスバルくんは何で泳げるの？」

「俺も学園で水泳の授業の単位を取ってただけなんですけどね」

その経験を生かして、師匠に水泳を教えることになり、手を取ってまずは水に浮くことから始めることにした。

「はいリラックスしてください。大丈夫です。人の身体というのは水に浮くようにできてるんです。ほら、さっき溺れた時も浮いてはいたんですよ」

「あまりそれは思い出させないでほしい……」

師匠がぷるぷると身体を不安そうに震わせながら、両手を前に出し、何とか身体をうつ伏せに海面に浮かす。彼女のお尻がちらりと視界の端に映る。

「はいそれじゃあ次は足を上下にバタバタって動かしていきましょう」

「……スバルくん、手、離しちゃダメだよ」

迫真である。

「大丈夫ですよ。師匠が泳げるようになるまで絶対に手は離しませんから」

と、師匠に言うと黙りこくってしまった。

「……泳げなくても別にいいかな」

「離しますよー」

「うぁ!? ちょっ、ダメだよ! 謝るから!」

薄々感づいていたけど、師匠は割とものぐさだ。諦めが早いと言い換えてもいいかもしれない。

出会った当初は自分の命すらもあっさり手放してしまっているようで、自分の不幸を呪うことさえなく、ただ受け入れてしまっていた。

だから、何かを得たいと望んで、こうしてその結果として一緒に海まで来られて嬉しい。

手を繋ぎたいなら言ってくれればいいだけなのだ。

「はいそれじゃあゆっくり。ゆっくり。海面に顔をつけてみましょうか」

「スバルくん、人はね。水中では呼吸できないんだよ」

「誰がずっとつけてろと言いましたか。息継ぎしながらです」

いつもとは違って俺が師匠を教え導き支える役目となっているので、いつもとは違う側面が見えている気がする。有り体に言うなら可愛い。

それからしばらく。

「それじゃあ、師匠。何かあれば絶対に助けるので、少し離れてみましょうか」

「……ん……」

ためらいはしたものの、泳げるかもしれない、という実感が芽生えてきた頃。一度息を大きく吸い込んで、師匠は海に潜る。

「おぉ……スバルくん……!」

師匠が泳ぎながらこっちを見て微笑む。少し不格好ではあるものの、自らの力で泳げている。

「あはは」

その顔は楽しそうで、そのまま泳ぎ続け、段々と速くなっていく。

が、しばらくして師匠の身体が海中に沈んだ。

「師匠!?」

溺れたのか、と俺が駆け寄ろうとすると師匠が顔だけ海中から出す。どうしたのか、と師匠の様子をうかがう。

「……水着が、流されたみたい」

「え!?」

周囲に視線を巡らせると、ちょっと遠くの波間に師匠の水着を見つけた。

俺はすぐに回収して師匠の元へ戻ったが、師匠が水着を着け直すあいだ、師匠と胸板を合わせるようにして、その身体をかばった。むにゅっと師匠のおっぱいの感触が伝わって……。

「スバルくん……」

押し付けるようにしてしまって、既に大きくなっていることに気づかれて顔を赤らめる。

海中で、師匠の手が水着の上の股間に触れた。

「……おっきくなったままじゃ苦しい、よね……」

耳元でささやかれて、俺たちは人気の少ない岩場の影まで移動する。


「まずは、ちょっと温めてほしい、かな」

海中にいて少し冷えた身体でもお互いの秘部は熱を持っている。師匠は立ったままの俺の前にひざまずいて、水着の谷間に俺の肉棒を収めた。

「ん、熱い……」

ゆさゆさと師匠の濡れた肌が擦れる。

「ちょっと、しょっぱいかな」

師匠の舌がちろちろと亀頭を舐めながら、ぐにぐにとおっぱいがビキニの締め付けの中で暴れる。

「あむ、んちゅ、ぺろ、ぇろ」

「う……ぁ……」

師匠のおっぱいに包まれたまま、激しく刺激される。少し呻いてしまうと、その声を聞いてますます激しく舌を動かす。

「あ、の、師匠。ちょっと、はげし……」

「ん？」

聞こえている、はずだけれど、止めてくれない。

「あの師匠……もしかして、根に持ってます？」

さっき、俺が師匠の師匠役として、生意気な態度をとってしまっただろうか。

「そんなつもりはないよ」

師匠が一旦口を離して、応じてくれる。

「ただ、そうだね。私も、スバルくんをますます可愛がってあげないとって、そう思っただけ」

師匠は少し笑って言う。

それで分かってしまう。ああ、やっぱり俺はこの人の手の内にいるんだな、と。それが心地いい。

「んじゅ、じゅぷ、じゅるるる」

激しく責め立てる師匠に、びゅくびゅくっと精を吐(は)き出してしまう。

「あ、む」

師匠はその精液を逃さないように、また尿道に舌を入れるようにして吸い取る。

「スバルくん……」

師匠は立ち上がって、岩場に手をついてお尻をこちらに向ける。

「ん……!」

水着をずらして、既に水着の内側が濡れているのを確認して、そのまま一気に挿入した。

「ん、ぁあああ!!」

遠い波の音を聞きながら、全裸に近い格好で肉同士がはじける音が聞こえる。

師匠のおっぱいを後ろから鷲掴みにして、揉みしだきながら腰を突き動かす。

「ひゃ、スバルく、そこ……!」

少しまどろっこしく、右乳が露出しかけて、外れかけた水着が乳首を擦る。ぐにぐにっとそのままのしかかるようにして背中から両手で揉みしだく。水着の上からの感触はそれはそれでまた違った趣(おもむき)がある。

「ん、ふぅ……ふぅ……」

思い切り腰を突き上げていたが、師匠が口に手をかざして声を出さないようにしてるのに気づいた。

ああそうか。ここは海水浴場で、周囲には人影がある。

「んん！」

キスでもいいのだけれど動きにくくなってしまうし、と俺は師匠に指を差し出してみる。

「あむ、んん、くちゅ……ぇろ」

師匠は差し出された俺の指を嚙むようなことはなく。口の中に受け入れて、舌で舐めてくる。

それが心地よく、肉棒で得た口内の感触も思い出して、相乗効果で射精感がこみあげてくる。

「んちゅ、くちゅ、あむ……ひぃ、ぉ……わらひも……」

ぷはぁ……とたくみに舌を舐め上げるようにして、俺はそれにつられるように師匠の膣内に吐き出した。

「んふ、イく、イっくぅううう!!!」

「はぁ……はぁ……」

俺と師匠は舌を絡めてキスをして、繋がったまま、しばらく休んだ。

海から上がって、採れたての海産物に舌鼓を打ったりしつつ、夜。宿の部屋で師匠と二人、何をするともなくベッドの上で歓談していた。

「毎年、ここを避暑に訪れるのがクレッセント卿の恒例だったらしいね……」

武闘会の賞品を毎年掻っ攫っている……というのではなく、実は優勝賞品を手配しているのもクレッセント卿らしいのだ。

少しでも大会が盛り上がるように。そして夫婦水入らずの時間を毎年文字通り『勝ち取る』姿を奥方に捧げるために。まあ、今年は叶わなかったわけだが。

それをクレッセント卿は笑って送り出してくれたわけだ。まあ、その程度で亀裂が入るような夫婦仲でもないんだろうなぁというのは想像に難くないわけだが。

それでも、師匠はきっとクレッセント夫妻のことを気にしてしまう。自分には過ぎた幸福だと、楽しむことを躊躇っているようだった。

「師匠……」

俺に出来ることは師匠を認め、敬うことだけだ。と、考えて……ぽん、と頭に手を乗せてしまった。

「スバルくん……？」

弟子に頭を撫でられている、と理解するのに少々時間がかかるくらいには意外だったのか、呆然と眺めてくる。

慌てて引っ込めようとすると、師匠は俺の手を包むように取った。

「止めなくていいよ」

そのまま師匠は座った姿勢の俺の股の間に座り込んで、胸板に背中を預ける。

「……ん」

頭にかざした手を動かすと、師匠は気持ちよさそうに喘ぐ。

「……スバルくん、情けなくて、ズルいことを言ってしまうけれど」

顔を見えないように俯かせて、師匠はつぶやく。

「今日は、甘えてもいいかな？　褒めてって、ねだってもいい？」

師匠はさらに身体を密着させるようにして、体勢を少しねじって唇を突き出す。

「頑張りましたね」

「……ん」

軽くキスして、頭を撫でて抱きしめる。

ズルいとか情けないとか、何を言っているのかこの人は。

「スバルくんが断れないってわかってて、こういうこと言ってる……」

そりゃ断れない。それがズルいとか情けないとか……いや、うん。もう、ある意味ズルいけど。

師匠を褒め称えていたつもりだったけど、それが足りなかったのならこっちの不手際だ。

「今日は何でも言ってください……まあ、ホントなら、聞くまでもなく師匠のしたいことが分かればいいいんですけど」

「……それは、うん。いいよ。だって、私がスバルくんにしてほしいこと全部してもらったら、もう……耐えきれずに爆発してしまいそうな気がするし」

「それは……困りますね」

かくいう俺も師匠の色気に当てられて、それこそ爆発しそうだ。全く、敵わないというか。

「ん、あむ……ちゅ……」

師匠の身体を抱きしめながら、正面で抱き合う。お互いに服を脱いで、師匠が俺の首の後ろに手を回して、強く抱きしめる。

「あ……はぁ……」

対面座位だと、少し動きにくい。師匠はゆっくりと上下に動く。もう少し動けるはずだ、と思い至ったが、多分それでいいのだろう。

ゆっくり感じ合いたいというのが今日の師匠の望みということで。

深く突き刺したまま抜けないように浅い動きで、膣内全体でじっくり搾り取るように蠢(うごめ)く。

射精が近くなり、肉棒がビクビクと膣内で震えるのを感じたのか、師匠の足は俺の腰に回されて、殊更離れないように締め付ける。

「～～～！」

射精しながらキスをして、師匠の喘ぎ声が直接脳内に響く。

「れろ……」

師匠の舌が頬に触れる。そのままちゅっと首元までキスする。

「……跡ついちゃうかな」

遠慮がちに呟く声。言葉とは裏腹に、ということでいいのだろうか。本心ではつけたい？　と考えるとちょっと、嬉しい。

「師匠は俺にキスマークつけられたら恥ずかしいですか？」

「ん？　私は、そもそも引きこもりのようなものだし。でもスバルくんは……学生だし……」

そんなことを言わないでほしい。師匠だってヴァレンティヌス先生とか、俺には言えない相談事をできる相手だって出来て。まだまだこれからなんだから。

と、言いたいところだけれど、ちょっとしたイタズラ心と嫉妬心が芽生える。あの研究室の二人きりの時間が大切で構ってほしいなんて。子供じみている気もするが、まあまだ許されるだろう。

明日には馬車に乗って学園に帰るし。師匠は夏でも肌をそんなに露出しないし、見られたとしてもどうせ恥のかき捨てだ、と言い訳じみたことを考えてる。

「んん……スバルくん、くすぐったいよ」

師匠の肩のあたりから、首の付け根あたりまで、ローブで隠れるギリギリを狙いすますようにキスする。

「イヤでしたか？」

「……そんなことはないけど」

師匠はお返しだと言わんばかりに、首筋にキスをしてきた。

※※※

アルティマイアさんたちが二人旅行に行っている間、ハンナさんが思いつめたように告白してきました。

「言おうかどうか迷ってたんですけど」

曰く、スバルくんとアルティマイアさんが学園祭の最中に占いの館を訪れて、試しに占ってみたところ……よくない結果が出た、とのこと。

「そのよくない結果、というのは……？」

「んー、まーでも間違いかもしれないんで、みんなで見てもらってもいいっすかね」

なるほど。占いに臨む場合は先入観は極力排除すべきですね。

そして私も含めてアルティマイアさんとスバルくんの仲を占ってみたところ……これは……。

「アルティマイアさんがスバルくんに隠し事をしている、ですか……それも、二人の間の重要な事柄について」

ハンナさんの歯切れが悪かったのも頷(うなず)けます。

「そんな、でも……二人は相変わらず仲良くしてたのに」

イスカくんの言う通り、にわかには信じがたいことですから。もっとも、イスカくんも自分で占って結果が分かっているんでしょう。

「その場で誤魔化しちゃったりしたんですけどねぇ。あの時、あっさり言えてればよかったのかなぁって」

ハンナさんもハンナさんなりの気遣いで、お二人の仲を取り持ったのでしょう。何が正解か答えが出るものでもありませんが、そうして考えようとする姿勢を身に付けているというのは師として誇らしいと思います。

「ボクたちはどうするべきなんでしょうね……」

そうですね……。

「ここは見守ることにしましょう」

みんなが驚いて私を見ます。

「それでいいんですか?」

「アルティマイアさんは思慮深い人ですから。スバルくんを決定的に傷つけるようなことはしないと思うんです」

「だからって……」

「周りからすると、やきもきするかもしれませんが……まあ、お二人なら大丈夫なのではないかと」

ええ。心配するのがバカバカしい……とまでは言いませんが、私たちが何かをするまでもなく、お二人の中で乗り越えられるのではないかと。そう信じられると思うのです。

「まあそれでも、お二人が相談に来たら、力になりましょう」

※※※

新学期を迎えてしばらくした頃。師匠の元に急ごうと思ったところ、直々に呼び出しを受けた。

相手は学園長だ。学園長が一生徒を呼び出すことなんて滅多にない。あるとしても師弟同伴でというのが形式だろうに、師匠には秘密に、とまで付け加えられた。いったい何なのか身に覚えのない俺だったが、とりあえず向かうことにした。

「今日呼び出したのは他でもない。フーデルケンス女史のことだ」

「師匠の……？」

失礼ながら今一つ身に入らなかった俺の意識が切り替わる。

「フーデルケンス女史が難病を患って(わずら)いたのは、既に知っていることと思う。そのことについてなのだが、何か変わった様子はないだろうか」

「近況報告ってことですか？」

今までそんな話をすることもなかったのに、どうして今になって……？

学園長はふむ、と髭(ひげ)を撫でながら少し考えて、口を開く。

「フーデルケンス女史は、自らの症例についてのレポートを、定期的に提出していたのだよ。自らの身体に起こる変化、魔力の波……まあ、その治療として何をしているのかは分からないが、それを差し引いても大変貴重な研究成果だった。だが、定期的に行われていたそのレポートが途切れているのだ」

「それを催促してほしいと？」

「あ、いやそれは違う。もともとレポートは義務ではなく、フーデルケンス女史の厚意によるものだ。強制するつもりなどない……ただ、以前の彼女を思い出すと、心配になってしまったのだよ」

以前の師匠……。

「生きることへの執着をなくし、ただ朽ち果てるのを待っていた、あの姿を……。例えば、もし君を少しでも傷つける可能性があるのであれば、彼女はそれを許容しないだろう。そのためにあっさりと生を投げ出してしまう。そんな危うさがあった」

ドクン、と心臓が掴まれたように苦しくなる。

まさかと思う。師匠の身体については師匠に任せきりで、本当に大丈夫なのか、そのことについてひどく鈍感だった。いつ容態が急変するのかもわからないのに。

もしかしたら……俺の精液に耐性が出来て効かなくなってる？　そんな可能性が思い浮かんでしまう。もしそうなら、師匠は打ち明けてくれるのか？　ひっそりと誰にも知らせずに最期を迎えようとしてしまうのではないか？

　思えば突然武闘会に出ようと思い至ったのも、最後に自分の力を示すためじゃないのか。俺に甘えるような態度をとったのも、生きる気力を失くしてしまったからじゃないのか。

「出来ることなら、あの子には幸せになってほしいと思う。私にはこれ以上、何も出来なかったが、君ならあの子の心に触れることが出来ると信じているよ」

　学園長の声色はどこまでも優しかった。

　そうだ。打ちひしがれてる場合じゃない。俺は、師匠が一体何を隠してるのか聞き出さなきゃならない。

　それで、この先も師匠と一緒に生きていきたい。それが叶わなくても、師匠には生きていてもらいたい。出来ることなら何だって……いや、出来ないことだって叶えてみせる。

　俺は挨拶もそこそこに師匠の元に走った。


「師匠！」

　俺は師匠の研究室に駆け付け、息も荒いまま肩を掴んで目をじっと見つめる。

　師匠は驚いた様子で見つめ返してくる。

「……学園長から聞きました。師匠が、自分の症例を学園に報告するのをやめたって」

　師匠はそれを聞いて青ざめた……やっぱり、そうなのか。

「何で……」

「……スバルくん、泣いて……」

「何で、何も言ってくれなかったんですか」

師匠を痛いくらいに抱きしめる。

「俺に出来ることなら何だってしますす。だから、諦めたりしないでください。俺は、師匠に生きていてほしいんです。師匠がずっと孤独でいるほうが、俺にとってはずっと辛いんです」

縋ってほしい、なんてどの面を下げて言っているんだろう、と思うけど。今の俺には真正面からぶつかるくらいしか思いつかなくて。

「え、あ……」

師匠は動揺しているようだったが、やがて俺の言っていることを咀嚼したのか、次第に落ち着いていくのがわかり、俺は腕を緩めて師匠の目を見る。

「ゴメンね、スバルくん……そっか……そんな風に、追い詰めてしまったんだね。私は……」

師匠の方から今度は抱きしめて、俺の背中を軽くたたく。

「師匠……。本当なんですか？　本当に、俺じゃどうしようも……何だったら俺の血を全部使って実験でも何でも」

「あー、うん。ちょっと待ってほしい。完全に私の所為だけれど、勘違いがあるみたいだから、まずは私からの説明を聞いてほしい」

勘違い……？

「実はね……私の病気なんだけれど…………スバルくんのおかげでほぼ完治してるんだよ」

「は…………ぇ、はぁああああああ！？！？」

「あらためて気づいたのは闘技大会の時なのだけれど、ほら、保健室で休んだ時にポーションが置いてあっただろう？　私の病気は体内にとどめておける魔力量が減少するといった症状だから、ポーションでは魔力量は回復しないんだよ。けれど摂取してみて効能が認められてね。これは、完治が近いな、と分かったんだよ」

師匠の身体の状態については師匠にしか分からないので俺は信じるしかない。けど嘘は言ってないと思う。病のことは分からないが、師匠のことは多少なりともわかるようになったのだ。信じよう。ただ、惜しむらくは、俺がもう少ししっかりしていれば師匠の身体の変化に気づけただろうということだ。もっと精進せねば。

うん、わかった。師匠はもう大丈夫。それだけでもう小躍りしてしまいそうだがまだ聞かなきゃならないことがある。

「じゃあ、何で黙ってたんですか？」

サプライズで打ち明けるつもりだった？　という可能性はないと思う。師匠が自分の身体の変化に気づいたという武闘会の後の出来事をよく思い返してみると、あの時の師匠の顔色は悪かったし、妙な話だが喜んでいるように見えなかった。

こうして問いただされなければ墓場まで持っていくつもりだったのではないか、と。

あるいは、師匠の話は真っ赤なウソで、人知れず死を覚悟しているという可能性もある。もしそうなら黙っていた理由に綻びが出るものだろう。それを確かめるためでもある。

冷静に話ができるように俺と師匠は少し離れて、椅子に座って話をすることにした。

「……スバルくんは、きっと怒るだろうね」

師匠はゆっくりと語り始める。

「私はね、どうでもよかったんだよ。死にたいわけではないけれど、誰かを犠牲にしたりだとか、そういうことをしてまで生きながらえようとは思っていなかった。多分、スバルくんが言ったとおり、私は何かを諦めてしまったんだろうね。どうしようもなく」

それは、学園長も指摘していた師匠の危うさだった。

「何も怖いものなんてないと思ってたんだ」

過去形だ。

「でもね。スバルくんが成長して、私を置いて行ってしまうと考えたら、とても怖くなったんだ。スバルくんがそばにいない状況で、ただ生きなきゃならないって考えたら、ずっと……ずっと怖くなったんだよ。それならいっそ、スバルくんに看取られながら死んだほうがマシだって……」

師匠は泣きそうになるくらいに怯(おび)えたまま、告白している。

「なんて、罰が当たったんだろう、ね。病気のことがなければ、スバルくんが、私に抱いてくれる理由も、キスをしてくれる理由も、触れてくれる、理由もないんだもの……こんな、こんな弱い私をスバルくんに知られたら、なおさら……」

師匠の言葉を唇で遮る。

「ん、んんー……!!」

黙らせて、強引に舌で口内を蹂躙する。抵抗した師匠の舌を押し返して、唾液を送り込んで、絡み合おうとするのすら振り切って、犯す。

やがて口を離すと、口を閉じる気力もなくした師匠が、くたくたと涎を垂らしている。

「師匠……俺、怒っているんですよ」

師匠の身体がビクッと震えて逃げそうになるのを肩を掴んで止める。

「何なんですかそれは。俺が仕方なく師匠の元にいると思ってたんですか？　そんなに……俺の気持ちは伝わってなかったんですか？」

師匠を傷つけるつもりはないのだけれど、悔しくて言わずにはいられなかった。

「俺が師匠に触れる理由なんてそんなの……好きだからでいいじゃないですか。触れたいから、でいいんですよそんなの」

そんな簡単なことだ。俺は師匠を拒絶したりなんてしない。むしろ喜んで受け入れる。そう信じてくれなかったのが、悔しい。

何より、だ。

「師匠がまた日の当たるところで輝ける。その機会を得られるのが嬉しいんです。ヴァレンティヌス先生とか、クレッセント卿とか、みんなと一緒に、師匠が幸せになれるんならって、なのに……何でそんな後ろ向きなことを言うんですか」

「それは……でも私はただ、スバルくんがいれば」

「どっちかを選ばなきゃならないなんてことないんですよ。俺は、師匠と一緒に歩んでいきたい。それで、ダメですか？　治療のためじゃなくって、ただ触れ合いたいから触れ合って。そういう関係になって、それで、いつまでも一緒にいようって約束すれば、師匠は安心できますか」

師匠は驚いて目を見張る。そして、信じられないものを見るように、俺を見る。

「……それで、いいの？」

「信じられないですか？　俺のこと」

師匠は首を横に振る。

「……ぃびと……」

師匠が呟く。

「恋人、でいいのかな。それは……」

師匠の言葉を聞いて、意味が分かったとたん、赤面する。

「はい」

「……スバルくんと、恋人……」

師匠はぼーっと、顔を赤らめたまま、俺を見る。

「夢じゃ、ないんだよね……」

「……こんなことで夢かどうか疑わないでください」

師匠にはもっと幸せになってもらいたい。俺と恋人になる、なんてその通過点に過ぎない。

いや、その……俺たちの関係のその先とか言っているわけではなく。いや、そういう意味でもいいのだけれど。

「スバルくん……」

感極まって泣きそうな師匠に口づけをして、俺たちは抱きしめ合い、恋人として初めて身体を交わらせるのだった。


「ああ、そういえば師匠……」

関係が変わってから師匠という呼び名もどうなんだという気もするが、それはまあ少しずつ変えていけばいいかと心の中で苦笑する。

それよりも、だ。

「師匠は、どうなんですか」

「ん、どうって……?」

ベッドの上で師匠の身体をまさぐりながら、しかしキスはしないで会話を続ける。

「俺は師匠のことが好きです」

師匠の目を見ながら言う。師匠はかぁっと顔を赤らめて、にへらっと表情を緩ませる。

「けど、師匠はどうなんでしょうか？　師匠は、俺と恋人になっていいのか。その答えをまだ聞いてないです」

胸に寄せていた手をよけて、お腹や二の腕など性感に遠い部位をさすりながら問いかける。

「んん……それ、は……」

師匠が身体をもどかしげにくねらせながら、俺の目を見る。その瞳には答えを求めて不安げに揺れる俺の姿……ではなく、安心させるように笑いながら言葉を待つ、俺の姿が映っていることだろう。

今さら保証が欲しかったりするわけじゃない。ただ……俺ばかりが言葉にするのもいささか不公平ではないかな？　と。ちょっとした意地悪だ。

「……それは、その……」

じっと師匠の言葉を待つ。

「…………言わなくても分かることなんじゃないかな……って」

熟年夫婦の夫みたいなことを言いだした。

まあいいんですけどね。もじもじと恥ずかしがってた師匠も可愛かったし……何かもうすっかり首ったけだなぁって改めて思うけど。

我慢の限界ということもあって、師匠にキスをする。そのまま愛撫も再開して、師匠の身体の柔らかさに溺れる。

「……しゅばるくん…………しゅきぃ……ふぁいしゅき……」

キスをしていると、夢見心地みたいに師匠が呟いた。

口の中に直接蕩けるような師匠の告白に脳内が揺れる。

今、ここで唇を離せばもっとはっきりとした師匠の告白が聞こえるのだろうか、というのも中々に魅力的な発想だったが、それをやったら下手したら一生恨まれるかもしれないのでそのまま口づけを続ける。

「……んん……！」

そのまま師匠のおっぱいに伸ばしていた手に少しだけ力を入れる。小さめの師匠の乳首の位置もローブの上からでもわかる。刺激しすぎないようにくにくにと摘まみ上げると、師匠の喘ぎ声が漏れる。そこに痛みによる苦痛はないことを確認しながら、ローブに手を突っ込んで、直接触れながら脱がしていく。

「まずは、おっぱいだけでイかせてあげますね」

師匠の治療という面では、師匠が性感を味わう必要というのはそもそもなかった。

だからその意味では無意味だ。けど、今この行為はただの睦み合いだ。

「ふぁ!?　ス、ばるく……」

キスしていた唇を離して、師匠のおっぱいに埋まるようにする。左手で片方のおっぱいを揉み上げながら右胸の乳首を口に含む。

「ん、ふふ……スバルくん、赤ちゃん、みたい……」

師匠が俺の頭を撫でる。

気持ちいい……のだけれど、ちょっと面白くない。乳首に歯を立てて軽く噛んで師匠の余裕を失くす。

「ふぁ、はぁ、ぁ……うん……！」

根元から先端まで舐め上げるように舌を動かして、乳輪から唇で包むようにして摘まみ上げて持ち上げる。

「ひゃあ……っ！　スバルく、ん、それ……わたし……もう……イっちゃう、から、だから……！」

「ん、ちゅぷ、だからハッキリ言ってくれないと、分からないですよ」

最後にじゅぷじゅぷと涎の音が垂れるくらいに師匠のおっぱいに吸い付く。

「っ……！　ふぁああ!!　ダメ、イ、く……イくぅううう!!!」

ビクンビクンと師匠の身体が震えるのを感じながら、その身体を抱きとめる。

「ん、ふぅ……ふぅ……」

師匠の不安そうに浮いていた手を握りしめて、絶頂になお震える唇にキスをする。酸素を求めるみたいに師匠の舌が俺の舌に絡みついて、そのまま落ち着くまで絡み合った。

「……スバルくん、今日は、激しく愛してほしい……」

師匠の下着を脱がせて、腰を持ち上げるように挿入する。

「はぁ、ァ……！　ぁあ、スバルくんのおち○ちんが、いっぱい当たって……！」

師匠の身体が、肉棒で吊り上がっているのかというくらいに乱暴に突き上げる。

「んん！　止めないで。スバルくん……、もっと私を求めて……」

師匠の手が伸びてきて、それを握りしめながら無茶苦茶に腰を動かす。ゴリゴリと膣内を広げるような動きに、師匠の膣内も応じる。

たぷんたぷんと揺れるおっぱいにむしゃぶりつきながら、師匠の足を掴み上げて射精する。師匠の子宮口まで直接押し込むように、ドクドクと精液が注がれる。

「ん……」

師匠はお腹をさすって、やがってじっと俺の顔を見つめる。

「スバルくん、お願い、があるんだけど……」

「何ですか？」

「……私に精液を浴びせてくれない、かな」

その言葉に俺の肉棒は俺より先に返事をするように師匠の膣内でビクンと震えて、師匠も身もだえる。

「治療って意味じゃ必要ないけど……でも、スバルくんの匂いを刻み込まれるみたいで、注がれるだけじゃなくって身体に出されるのも、その……いいかなって」

そういえば、前にも悪ノリでやらかしてたことありましたけど……

「気に入ってたんですか？」

「うぅ……」

言わせないでほしい、って目で訴えかけてくる。その痴態だけで自慰したくなるくらいだが、そんなもったいないことはしない。

「んん……！」

すっかり勢いの戻った肉棒をまた突き入れる。

「や、なんか、さっきよりも元気……じゃ、ない……？」

ちょっとムッとしてるのだろうか。膣内より外のほうがいいってそれはそれでどうなんだ？と。

「はぅ……んん、んふぅ……」

師匠にキスする。不満げだった師匠の顔もやがてとろんと蕩けて誤魔化される。

イく寸前で肉棒を取り出して、そのまま……目についた師匠のおっぱいの谷間に挟み込んで、そのまま腰を動かす。

「ひぁ!?　ッ……!!」

そのまま師匠の乳首に指が触れて、その刺激とともに師匠も同時にイったようだった。

「んん……ふぅ………ふふ……」

師匠はおっぱいの谷間に出された精液を愛おしそうに眺めて、そのまま擦（なす）りつけるように胸を上下に揉みこんだ。

にちゃにちゃと精液が師匠を染め上げるのを見て、また俺の肉棒は力を取り戻して、挿入する。

師匠の身体を内側から、外側まで全部染め上げるまで俺たちは愛し合った。


「というわけで師匠と恋人になった」

イスカとキッド先輩と一緒に昼飯を共にして、師匠の病気が完治しかけていること、そして師匠と恋人同士になったことを打ち明ける。

が、何だろう。自慢するつもりもないが二人のリアクションが妙に薄いというか……。

「……ええっと……うん。正直に言ってもいい？」

イスカが口を開く。何だ一体。

「正直、反応に困るんだよね」

その反応は俺としても予想外だった。

「いや、うん。ずっと前から、二人はそういう関係なんだろうなぁって思ってたわけで……何というか、え？　今さら？　って。ああでも、うん、おめでとう」

何だろう。喜んでいいのかどうなのか分からん。

「ていうかだな、恋人になったんならなったで、何でまだ師匠呼びなんだ？」

キッド先輩は痛いところを突いてくる。

「まあ結局アレだ。お前も恋人とか何とかよりも、師匠って存在のほうがデカいんだろ」

割とどうしようもない人だけど、時たま核心ついてくるから厄介だなこの人は。

まあでもそんな感じなのだ実際。俺にとっては師匠は尊敬すべき人でまだまだ学ぶべきものがたくさんある。師と恋人、どっちを人生の中で大きい比重にするのかというのはまあ、価値観の違いでしかないが。

「まあでも俺にとっては師匠であり恋人なので問題はないですね。両方合わさってむしろ最強です」

「なるほどな……」

「……二人とももうちょっと冷静になろう。何かすごく頭の悪い会話してるよ」

何を言うんだイスカくん。ハッハッハ。

「ああそうだ。キッド先輩。ちょっと頼みがあるんですが」

「ん？　何だ？」

「ハハハハハ！　やっぱ楽しいな！　お前と戦うのは！」

キッド先輩とともにクレッセント卿の研究室を訪れた俺は、隣の訓練場で先輩と剣を交え、鍛錬を行っていた。

「ふぅ……」

お互いに息が切れたところで休憩する。キッド先輩はまだ余裕がありそうだ。体力面も鍛えていかないといけないかな。

「クレッセント卿、突然の申し出にもかかわらずありがとうございます」

「いや、別に構わんさ。私としても君と親交を深めたいと思っていた。フーデルケンス女史の弟子……いや、それとは関係なしに」

ここに来たのは、クレッセント卿に事情を話して稽古をつけてほしいと頼みこむためだ。クレッセント卿は快く受け入れてくれて、まずは実戦形式で学んだほうが、色々と得るものも多いだろうと、キッド先輩と刃を交わすことになったのだった。

「予想を外れていたのは……このバカが君と相対して生き生きとしていることだな。全く」

クレッセント卿は一つ溜息を吐きながら苦笑する。

「どうだろうか。君さえよければ正式に弟子として迎えたいと思うが」

「いえ、それは遠慮します」

「そうか。それは残念だ」

クレッセント卿はそれ以上は引き留めず、笑いかける。

元々こうしてクレッセント卿の元を訪れた経緯を打ち明けたのだから、それを知っていて本気で提案しているとも思えなかったが。

「えぇ……何だよいいじゃんか別に」

「……だからお前はもう少し思慮を学べ」

キッド先輩に音が聞こえるくらいにゲンコツを食らわすクレッセント卿。

「ふん、相変わらずお父様に迷惑ばかりかけて……」

と、研究室に入ってきたのは小柄な少女だった……学園に入るのにもまだ早いくらいの年ごろで、銀髪のきりっとした表情をしながらも、まだ可愛らしさがきわだつ。

「全くあなたはいつもいつもバカばかり……て、あら？　あなたは？」

キッド先輩の前まで来て何か小包を取り出した少女だったが、ようやく俺の姿に気づいたのか、気まずそうに目を逸らす。

ちょっと人見知りなんだろうか。まあ、身内モード全開の様子を見られたら恥ずかしいか。ていうか、お父様？

「私の娘のシンシアだ」

クレッセント卿が紹介する。

「ああ、これはどうも………お気になさらず」

「お気になさらずってなんですの！」

だって、ねえ。

「で、何だよ。シンシア。俺、今スバルと楽しんでるところだったんだが」

キッド先輩は俺の方を見る。そしてシンシア嬢はきりっと俺を軽く睨む。

「初対面の人間を睨むものではない」

「……失礼いたしました」

シンシア嬢はぺこりと綺麗な所作で頭を下げる。クレッセント卿の教育は行き届いているようだ。

「ふん、お弁当持ってきてあげましたのよ。感謝しなさい」

ああそういう……。

「おお！　ちょうどよかった。動いて腹減ってたんだよ」

キッド先輩もさっき昼飯を食べたところのはずなんだが。

「……全くあなたはいつもいつもちゃんとペースを考えないで動くんですから」

ふふん、とニヤニヤどや顔を隠せないシンシア嬢だった。

「……まあここだけの話だが、我が魔剣を継承するのはあのバカ弟子になるのだろうな、とは思っている」

クレッセント卿が、キッド先輩たちに聞こえないように俺に静かに語りかける。

クレッセント卿の魔剣は確か先祖代々受け継がれてきたものなわけで、つまりそれって……。

つい先輩とシンシア嬢の結婚式を思い浮かべたが、それをかき消すかのように、

「まあ私の目の黒いうちは許さんがな」

クレッセント卿がガチすぎる声と目で締めくくった。


それから数日、師匠には内緒でクレッセント卿の元で修業を積んでいたある日のこと。

「スバルくん……ここにいたんだね」

師匠がやってきた。そのままスタスタと無言のまま歩いてきて、俺の腕を掴む。

「あんまりスバルくんを連れまわさないでくれるかな？」

そしてそのままキッド先輩をじっと睨む。

「何だよー俺だってスバルと遊びたいだけなんだけどなー」

「……変われば変わるものだな」

師匠はビクッと、今気づいたようにクレッセント卿の方に振り返る。

「以前の貴殿であれば、彼の処遇についてむしろ自分から遠ざけようとしていたであろうに」

「……いけませんか」

「いや、全く。当然の権利だろう。ましてやただの師弟ではなく、恋仲というのであればなおさら」

師匠の迫力に全くひるむこともなく笑いながら返すクレッセント卿に、師匠は顔を赤らめる。

「頃合いだなスバル・アイデン。二人の将来のことだ。二人でよく話し合うといい」

「それでスバルくん、説明してくれるんだよね」

師匠とともに師匠の研究室まで戻ってくる。

師匠は怒っているというよりも怯えているというほうが正しいと思う。不安にさせてしまったのだと分かって、俺の腹は決まった。

「……ちょっと、自分の将来のことについて考えたんです。ここを卒業したらどうしようかってことを」

「……あ、そう、だね……スバルくんは、ここからいなくなってしまうんだね」

まだまだ遠い話のようにも思えるが、師匠とともにいれば、あっという間に過ぎるようにも思える。

俺なりに色々と考えて、それで……

「師匠、俺と一緒にまた冒険者を始めてみませんか」

師匠が驚いた顔で俺を見る。

うん。改めて考えるとまあなんとも無計画だなと思う。

「俺は師匠ほど魔法を極めてないので、身体を資本にしてどうにかやっていくほうがいいのではないかな、と」

「それでクレッセント卿の元に……」

まあ、後はその道の先達であるキッド先輩から色々と話を聞きたいと思ったのもある。

結果、魔法使いを守る前衛職のレクチャーなんかも受けつつ。

「本当はもう少し形になってから、って思ってたんですけど……」

実際、始めてみれば師匠に頼ることも多いだろうが、それを当てにしてはいけない。本当は最低限、一人でもやっていけるくらいの実力を身に付けてから提案したかった……。まあ半分以上は見栄だけど。

「どう、でしょうか……？」

もっと堅実な道とか色々あると思う。けど……

『特に理由があったわけではないんだと思う。ただ、そうだね。卒業するにあたって、昔……魔法に初めて触れた時のことを思い出したんだ。昔はね、もっと何でも出来るんじゃないかって思ってたんだ。もっと楽しいものに世界は溢れているんじゃないかって』

『だからね、世界を自分の足で渡り歩いてみれば何か見つかるのかもしれないって思ったんだ』

師匠の昔話を聞いてから、ずっと燻っていた想いだったんだと思う。

師匠が見ていた光景を、俺も見たいと思った。

もし、師匠と一緒にその夢を追いかけられるなら。

師匠が一度は諦めざるを得なかった夢を、もう一度追いかける手助けが出来るなら。

「……私は……」

師匠は顔を俯かせる。

「……そんな夢、もうとっくに捨ててしまっていたんだ。あの時だって、スバルくんが傍にいてくれればそれだけでいいって心の底から思ってて……。世界を旅しても見つからなかった私の大事なものが目の前にあるんだって、それだけで、よかった」

余計なこと、だったのだろうか……師匠は、そんなこと望んでいなかったのなら、また師匠と一緒に生きていくための新たな道を探すだけだが。

「でも、スバルくんは私がとっくに捨ててしまっていたものを、拾い上げてくれていたんだね」

ギュッと師匠が胸の内に飛び込んでくる。

「私も……スバルくんと一緒にいたい。そんなスバルくんだから、スバルくんと一緒なら、新しい楽しみだって見つけられる。知らずに見過ごしてしまっていた大切なものも、今度は見失わずにいられる」

でも、と師匠は俺を上目づかいで見上げながら、頬を撫でる。

「あんまり頑張りすぎてはダメだよ。私は多分、スバルくんが思っているよりも弱くて、置いてけぼりにされそうになるのは……困る」

俺は少しかがんで、師匠にキスをした。

まあいつまでたっても追いつけるかどうかなんてわからないが、でも師匠を置いていくなんて考えられない。

俺がこうして前に進もうって思えたのは、全部師匠のおかげだから。師匠と出会えなければ、今も漫然と過ごすだけの日々だっただろう。それが変われたのは師匠のおかげだ。

最愛の人を抱きしめながら、未来へ向けて頑張る決意を固めるのだった。


——それから一年あまり、俺と師匠は同じ夢を目指して邁進(まいしん)する日々を過ごした。俺はクレッセント卿の元に通い、師匠もヴァレンティヌス先生の元を訪れたりして、まあ一番長いのは二人きりの時間だが。

そして、俺は学園の卒業を控え、師匠とともに旅の支度も始めていたある日のこと、ヴァレンティヌス先生から呼び出しを受け、俺と師匠はある脅迫……もとい提案を受けた。

「ねえクレス……本当にやらなくてはダメかな」

「ダメですよ」

笑顔。圧倒的笑顔である。

「大体ですね。何ですか。必要が無くなればスバルくんが抱いてくれなくなる？　そんなバカな心配をする前に告白して関係を進めればいいだけの話なのに。全く」

どうやらヴァレンティヌス先生以下、弟子たちにも色々と心配をかけていたらしい。

「どうせこの機会を逃せば、何だかんだずるずる引き延ばしていくのが目に見えてます。師弟関係のまま、ずっと行くところまで行ってしまっていたじゃないですか」

「……うっ……。それを言われると弱い」

どうやらこのことは下手すれば一生言われそうである。

「というわけで……卒業式の日、お二人の結婚式を執り行いたいと思います」


ウェディングドレス並びに式の設営や準備は私、ヴァレンティヌスとその弟子たちが行います、と請け負ってくれた。卒業試験も兼ねるとのことで気にしなくていいと言われたが……。

待合室で礼服に身を包んで師匠の準備を待つ。

「よースバルー久しぶりだな！」

と、その最中に現れたのは、キッド先輩だった。

卒業してから一年、どこで何をしてたのか……一応招待状は送ったものの来てくれるとは。

「まあ別に結婚式関係なく、スバルをウチのパーティに誘おうと思ってたからな」

「それはちょっと遠慮させてもらいますが」

「そっか、まあしゃーねえな。つってもそれだけの用件ってわけじゃねえから気にすんな」

「他の用件があるんですか？」

「おう。おっさんを今日こそ倒してやるのさ。俺も色々回って強くなったからな」

「……そうですか」

さて、二人の師弟対決は一体どうなるんだろうか……見届けられないのは残念だが、健闘を祈ろう。

「やっほースバルん！　準備ができたよ！」

ハンナが元気よく飛び込んできて、俺は師匠の元に案内されたのだった。

純白のウェディングドレスに身を包んだ師匠の姿を認めて、お互いにしばし沈黙した。

日の光に照らされて、幸せそうに、満たされたように微笑む師匠の姿。綺麗だ、と見惚れて……それと同時に、ああ、よかったと。涙が流れた。

「……スバルくん」

チュッと師匠が涙の流れた頬に口づけをしてきた。

「……クレス、ありがとう」

師匠は俺の手を握って、そばに控えていたヴァレンティヌス先生に向かって丁寧に頭を下げた。

「こうして式が始まるまでの準備の最中で、皆に祝福されて……それがこんなに幸せだなんて思わなかった。こうして今迎えなければ、後悔することすらできなかったと思う」

「……アルティマイアさん」

ヴァレンティヌス先生の目にも涙が浮かぶ。

「行こうか」

師匠が呼びかける。俺は師匠をエスコートするように少しだけ前に出て、式場へと向かう。

学園内の礼拝堂。そこにいた神父役は、なんとイスカだった。姿が見えないと思ったら……目が合うと一瞬だけ茶目っ気のある笑顔を見せた。

イスカはヴァレンティヌス先生の正式な後継者として師事するため学園に留まるらしいが、これもその一環、ということだろうか。

「汝、病めるときも健やかなるときもともに愛し合い、助け合うことを誓いますか」

「誓います」

俺たちは指輪を交換し、口づけを交わして……神の前で永遠の契りを結んだ。

そして学園の構内に出ると……辺り一面を覆いつくすような群衆が。

「何で!?」

「まあ、あれだね。スバルくんとフーデルケンス先生は、学園で一番って言っていいくらい有名なカップルだし」

と、イスカが後ろから耳打ちしてくる。

そうか……まあ、学園祭以降も色々とあったしな。

「……あう、あう……」

師匠が混乱している。まあ、そうだな。こういう人目に付くことを避けてきたし、最初結婚式を断ったのもそういう気性からだろうしな。

ふむ……仕方ない。俺は師匠を抱きかかえる。

「しっかり掴まっててくださいね」

「……うん」

師匠をお姫様抱っこして、群衆を突っ切る。今こそ、身体を鍛え上げた成果を見せる時！

「くっ……ハハハハハ！」

どこからか、クレッセント卿の笑い声が響いた。

後ろから聞こえてきたのは……黄色い悲鳴？　戻ったら一体どんな風に語り継がれていることやら。

俺と師匠の冒険者としての師弟の旅は、これから始まるのだった。


そうして、勢いのまま学園を出てしまったものの、色々考えることもあって、少し疲れたので今日は宿をとることにした。学園から少し離れた……師匠と初めての夜を過ごしたあの宿だ。

結婚式からそのまま来たような（実際その通りだけど）奇異な客を、笑顔で出迎えてもらって感謝しかない。ないが……。

「………」

師匠はさっきから恥ずかしげにベッドの上で身をくねらせている。まあ、無理もないか。

「……宿屋の人間の記憶力というのを甘く見ていたね。まさか、私たちのことを覚えているなんて」

まあ言っちゃ何だが目立つ客だったんだろうなぁ……。

師匠も初めての時は酒量を間違えて酔っぱらっていたりして、その最中で師匠なりに考えてたプランが破綻してぐちゃぐちゃだったりもしたし。

今となってはそれもいい思い出ではあるが、師匠なりに恥ずかしい思いもあるんだろう。

「師匠」

すっと師匠の肩を掴んで優しく押し倒す。師匠の身体は抵抗もなくベッドの上に沈む。

「今日は、新婚初夜です……リベンジっていうわけではないですけど、師匠の恥ずかしい思い出とか、そういうのだけ、上書きしちゃいましょう。幸せな感情しか思い出せないように」

記憶を忘れろ、とは言わないが。でも、またここを訪れるようになった時にこうして赤面してばかりではなく笑い合えるようにしたい。

「……ん、そうだね」

師匠はちょっと身体を起こして、キスをしてきた。

「そこで、提案があるのだけど……」

「何でしょうか」

「……もう少し、新婚さんっぽくできないかな？」

「……と、言うと……」

「………マイア」

は……。それって。

「マイアって、呼んでい……呼んで、くれないかな」

許可、ではなくてお願い。師匠も今日は、いや、今日から少し大胆になってる。

「……わかったよ、マイア」

慣れない。うん、でも少なくとも今日だけは師匠のことはただの俺の嫁として扱おう。

嫁……嫁なんだよな。

「スバルくん、私の……旦那さま……」

師匠の方も茫然と呟いてる。俺は、師匠が失望するくらいにだらしない顔をしてないといいんだが。

「不思議だね。結婚なんて、私には縁のない話だって思っていたんだけど……そもそも弟子を取る、なんてところからだけど」

「実感が湧かない？」

「……ん。信じてないわけじゃ、ないんだけどね。ただ、何か、ふわふわする」

「じゃあ、マイアが俺の嫁だってことがわかるように、しっかりと愛してあげるから」

「スバルくん……」

師匠のグローブに覆われた手が俺の胸に触れる。

「……あなた」

そのまま胸元をはだけさせて、かぁっと顔を赤くする。

「……んむ、ちゅ、あむ、ぇろ、ちゅるぅう」

マイアが俺の身体に乗っかかる形で、互い違いにお互いの秘所を愛撫する。シックスナイン、だったかな。

「あなた、気持ちいい？」

マイアの舌が俺の肉棒に触れて、ビクビクと震えるのがわかる。腰のあたりに、マイアの豊満なおっぱいの感触がぐに、ぐにっと押し付けられてその感触を知っている俺の身体は反応する。

「……本当に、おっぱい好きだね、あなた」

マイアも俺の身体の反応に気づいて、おっぱいをドレスから露出して、肉棒を挟み込む。

気持ちいい……が、こっちもやられっぱなしというわけにもいかない。

「ん、むちゅ、んん……!?」

恍惚(こうこつ)としているようなマイアの奉仕が止まる。

ドレスの上からマイアのお尻を撫でて、そしてそのまま足元まで伸びていたスカート部分を大胆に捲(まく)り上げる。

ガーターベルトと、ドレスに合わせたのか純白のパンティに覆われたマイアのおま○こは既に濡れていて、指で押すとじんわりと愛液が染み出す。

「ひ、ぅああ!?　そこ……！」

マイアのおま○こを覆うようにして口づけて、舌で内部をなぞるようにしながら愛液を飲み込む。

同時に、おま○こ以外のマイアの敏感な部分を刺激する。お腹辺りが結構弱い。

「……お腹、触り方が……いやらしい……」

気づいてくれて嬉しいかな。

「今日もたっぷりと可愛がってあげるから。ここに、直接。俺を流し込んであげる」

「ッ!!」

ぴゅっと愛液が噴き出すのを感じる……まさか、軽くだけどイったのか。

「んん！」

腰を軽く突き上げる。そこで敏感な乳首に当たったのか、甲高い喘ぎ声をあげる。

催促するようで申し訳ないが、まだ俺はイってない。

「……今度は二人でイけるようにしよう」

「うん……あむ、ぇろ。くちゅ、んむ……ちゅぷるぅぅ」

マイアのご奉仕も再開して、俺もじっくりとマイアに愛撫する。

いきなり感じさせ過ぎないように。ゆっくりとゆっくりと。身体の芯から目覚めさせるように。

これは、愛し合うための前戯だから。

「ふぅ……ふぅ……んじゅずるるる！」

びくびくと肉棒が震えて、イきそうになる。マイアもそれを感じて、奉仕を強める。

俺もそのまま陰唇の中に挿入するように舌を前後させて、下の歯でクリトリスをピンッとひっかくように刺激した。

「ん、んむぅううう!!」

同時に果てる。お互い、少しだけ休憩して、マイアが精液を飲み下す音が響く。

「あ……」

すぐに体勢を変えて、ベッドに横たえると、マイアは期待するように笑顔を浮かべた。

ドレスは、少しだけ皺になってしまっている。

「気にしなくていいよ。結局、脱いだ後は洗って保管するだけだし……それに」

「それに？」

「……ウェディングドレスを乱すのは旦那さまだけの特権、なんだって」

ヴァレンティヌス先生の入れ知恵か。そうと分かっていても、もう興奮が止まらない。

辛抱たまらず、ややもすると強引に挿入する。

「ん……あ、ふぁあああああ!!」

その瞬間、マイアが喘ぎ声をあげて、膣内が収縮する。危うく俺もイきかけたが、もったいないと思って何とか耐えた。

「なんか、変……今日は、ちょっと感じやすくなって、るみたい……」

マイアの身体を抱きしめて……腰の動きを再開する。

「あな、た……！　だから、今日はぁ……！」

「大丈夫。何回でも付き合う、から……」

ビクビクと細かく震えて吸い付くように離さないマイアの膣内は、いつもよりも気持ちよくて、こっちも我慢の限界だった。

ビュッビュッと、精液が漏れているのを感じる。

「ふぁ……膣内で……っ!?」

マイアはお腹をさすりながら、でも腰を止めない俺を驚いたように見る。

「なん、でぇ……」

何で？　それはもう、俺にとってだって今日は特別な日で、おかしくなってるってだけだ。

精液でいっぱいのマイアの膣内を、馴染ませるように蓋をして、そのままガンガンと押し込むように腰を動かす。

「スバル、くん……私、もう、何か、とってもスゴいのが、今も、もうイってるのにぃ、もっとスゴいのがクるって、分かっちゃう……！」

俺もビクビクと、もう限界なくらいに精液を吐き出しながら、最後のスパートをかける。目が

チカチカするくらいだった。

俺はマイアの身体を抱きしめるようにしながら腰だけを突き動かして、その最後の時を迎える。

「イきます、師匠……！」

うっかり、と言うべきか。最後、今まで張りつめていたものがぷつりと切れるように。

「うん、わたしも、イく、イっちゃうぅ……!!」

しかし、その言葉に反応するように、師匠の膣内が最後、大きくうねり、喘ぐ。そしてそのま
ま、何かに飲み込まれるように、精液を吐き出した。


俺たちは裸になって、ベッドにしばらく寝そべる。焦る必要もないことをお互いに知って、こ
うして裸でも穏やかな時間を過ごせる。

「……最後。ゴメンね、スバルくん……私から言い出したことなのに」

最後、二人の心が裸になるように、俺はマイア……師匠といつも通りに呼び合った。

「焦らないでいいってことですよね。まだ、ちょっとだけ早すぎたみたいで。こうして『師匠』

と『スバルくん』のほうが、落ち着けるみたいです」

「……うん、そうだね」

師匠が少し身体を動かして、俺を自分の胸元に抱きしめるようにする。

「これからもよろしくね。スバルくん」

「はい。師匠」

俺たちはいつか自然に夫婦として呼び合える時が来るかもしれないけど、まだまだ師匠と弟子でもいいのかな、なんて思う。

まあ、ヴァレンティヌス先生には怒られそうな気もするが。

こうして俺たちは少しずつ、師匠と弟子の関係から一歩ずつ進んでいく。


（了）

番外編 俺たちの禁断症状

恋人になったばかりの頃の俺と師匠に、あまりに過酷な試練が襲いかかる。師匠と俺はこの危機を乗り越えられるの!?

師匠と恋人になってからしばらく後。師匠の元に急ごうと思ったところ、直々に呼び出しを受けた。

相手は学園長だ。学園長が一学生を呼び出すことなんて滅多にない。あるとしても師弟同伴でというのが形式だろうに、師匠には秘密に、とまで付け加えられた。

ここまでですでに既視感があったものの、その用件を聞いてさらに驚いた。

「師匠のレポートの提出がまた滞っている、ですか」

どうしたことだろう。昨日だってあんなに……おっと。

「参考になるかは分からないが、つい先日、レポートについてアルティマイア女史と、この学園の魔法使いたちも交えて論議を交わしたのだ。それからレポートの提出の頻度が日に日に落ちていったのだよ……確かに、中には中々手厳しい意見もあったのだが」

なるほど。それで自信を失ってレポートを書く手が進まない、と……。いやでもそれは想像しづらいな。そもそもそこまで落ち込んでる様子なんてなかったし。

「分かりました。師匠に聞いてみます」

そして俺は学園長室を後にしようとしたところで、呼び止められた。

「スバル・アイデン」

「はい、なんでしょうか」

「いや……なかなかいい顔をするようになったな、と」

学園長は髭をさすりながら目を細めて、俺を見送ったのだった。


「スバルくん」

師匠の研究室に入って早々、待ち構えていた師匠に抱きしめられてキスをする。

「ん、ちゅ、くちゅ、ちゅぱ、んふ」

俺もつい師匠を抱きしめ、その身体に指を這わせるが、無理やり頭の一部をクリアにして訊ねた。

「師匠」

「ん？　なーにスバルくん。おっぱい？」

「……最近師匠がまたレポートの提出を拒んでるらしいと聞いたんですが」

師匠の身体が固まる。

「あーその……ええっと……」

師匠の目が泳ぐ。上目遣いでちらちらちらっと見てくる。

可愛い。絆されたい。いやでもダメだ。俺はもうこの人の恋人なのだから。何でも一人で抱え込んでしまうこの人が、間違った道に進もうとしないように支えたい。

「……その、議論した時にクレッセント卿から言われたことなのだけれど」

「クレッセント卿が？」

そうして師匠は少しずつ話をしてくれた。曰く――

『なるほど経過は順調なようだ。レポートも、自らの身体を被検体として、客観的なデータを蓄積してある。治療薬とされているものの正体がよく分からないが、まあそれを差し引いても治療法を確立する道筋として十分な資料となるだろう』

レポートの評価は概ね順調なようだった。が――。

『意見を述べるとするならば、細心の注意を払うという前提の上ではあるが、そろそろ観察期間を設けてもいいのではないだろうか。すなわち、治療として何を行っているのかは分からないが、それを一定期間断絶してみて、それによる変化を見てみるべきだ』

とのこと。

そして師匠はその言葉が正しいということに気づいているからこそ、そこから目を背けたレポートを提出できなかったと。

「……」

考える。

俺は師匠と一緒に生きていくと決めた。

と言うだけなら簡単だ。だけどこれから生きていくうえで、何があるかなんてわからない。

俺が不慮の事故で死んだら、師匠の病気はどうなるのか。そこまで大げさでなくても、たまに俺が里帰りしたり、あるいはまあ師匠がヴァレンティヌス先生あたりと女性だけの旅行に出かけたりとか……まあ、そういう自由があってもいい。そういうありふれた幸せこそが、師匠が手放してしまいそうだったものなのだから……。

そういう、俺の精液なしの状態に備えるためにも、禁欲期間を作って症状を研究するべきなのだ。だから俺は、協力したい。

それにしても何だろう。恋人になってから、あるいはその前から、発情しすぎだこのバカ！とクレッセント卿に一喝されたような心地だ。まあそういう意図はないとわかってはいるんだけれども。

こうしてとりあえず一週間ほど、師匠と身体を交えるのを止めることにした。うん……とりあえず明日から。

それから俺と師匠はこの学園でおおよそ繰り広げられている日常、つまり師匠の下に通いつめ教えを受けるだけの生活を始めた。

とりあえず期間中は、膣内射精というか性行為はダメ。精飲もダメ。そしてキスもダメ。ただ触れ合うくらいなら別に問題はない。

という説明を、俺はソファーに座った師匠の膝の上から聞いていた。膝枕である。

「ん、だから、こうして頭を撫でてあげるくらいなら、大丈夫だよ、うん」

師匠の指が俺の顔に触れる。あご、ほほ、そしてちょっと名残惜しげに唇に触れる。

表情は見えない。何でかと言われればそう……おっぱいだ！　そびえたつ山が俺の視界を塞いでやまない。時折ふにぃ……って迫ってくるのだ。勉強に疲れた頭にはたまらない刺激だ。

いかんな。思考がちょっと色ぼけしてる。

ふらふら〜っとおっぱいまで手を伸ばしてしまう。

「あ……」

しまった、と思わず声を上げる。

「ん、スバルくん、触りたいのかな……？」

師匠がちょっともじもじしながら顔を覗かせる。少しいたずらっぽい笑み、その奥には、期待の色が浮かんでいるような気がした。

「ええっと……うん、いいよ。触るくらいまでなら」

師匠は少々考え込むようにして、言う。

「ちゅ、これならセーフかな？」

そのまま頬にキスされる。ただ唇が触れただけ、汗を舐めとることすらない子供じみたキスだ。

「じゃあ……これもセーフ？」

俺は師匠の首筋に、思い切り吸い付く。唇を離すと、少し赤く痕が残っているのがわかる。

「ぇ、う、ん……大丈夫……大丈夫、だから……」

もっとして。

こっちを見つめてくるその表情を見て、ぞくぞくする。そうだ。俺は、もっと欲しい。同時に欲しがられたいのだ。どうしようもなく中途半端な交わりで、一方的で。だからこそ気持ちだけは欲しい。

そしてこの後めちゃくちゃイチャイチャした。


それから二日あまり。プラトニック（？）な付き合いを続けていたわけだが……これが思いのほかきつかった！

何度押し倒しそうになったことかと。いや、実際には押し倒したんだけど、ぎりぎり踏み止まったのでセーフとか。

そしてすごいムラムラしていた。イスカくらいなら襲ってしまいそうなほどだ。自分で慰めればいいだろうと思うだろう？　幸いおかずには困らないのだし。けれども、それは師匠への裏切りのようで出来なかった。

そして、この日も師匠の元に訪れたわけだが、師匠がいない。

「あ、スバルくん……！」

しばらく待って、外から帰ってきた師匠が胸の中に飛び込んでくる。

「……師匠……買い物だったんですか？」

見ると師匠は紙袋を手にしていた。

「あ、うん……の、ね……スバルくん」

師匠がカァ……と顔を赤らめて、何やらごそごそと何かを取り出す。それは……ゴムだった。

ごまかすような言い方を止めるなら、自分で買ってきて、避妊具。

「……師匠、まさかそれ、自分で買ってきて……」

「……!!」

ちょっと強めにポカポカ叩いてきた。触れてはいけないようだった。

「こ、これなら、ね。大丈夫だと思うんだよ。だから、その……」

師匠が近づいてきて、ほっぺにちゅーをしてくる。そして、そのまま避妊具を手に握らせてくる。

「……続きは、ベッドの上で、ね？」

「じゃ、じゃあ、つけてあげる、ね。おっきくして……て、もう、大丈夫みたい、だね」

師匠と俺は言葉もそこそこに研究室に備え付けのベッドに寝そべって、服を脱いだ。師匠は避妊具を口にくわえて、一度ごくりと息を呑むと、俺の勃起した肉棒を避妊具で包む。

「……っ、師匠！」

俺は師匠を押し倒して、その胸に沈み込む。俺から師匠の身体に吸い付く分にはいくらでも大丈夫。これは確認してる。

胸に、鎖骨に、首筋に。しゃぶりついて、熱中する。そうしたいという欲望もあるけど、何より……集中してないと、口づけてしまいそうになる。

「もう、大丈夫みたいですね」

「うん……」

変な感触だ。薄皮一枚が遠い。膣口に狙いを定めながら、あんまりうまくいかない。そのまますっ、すっと、空振りしてしまう。

「ひゃ、すばるく、ん……そ、こ……！」

師匠のつるつるの膣口はそれだけでなめらかで気持ちいい。膣口に沿うように、あるいは肉芽に肉棒を当て擦るようにするうち……。

「やぁ、スバルくん、やだ、やぁあ!!」

あっけなく俺は、一度目の射精を終えてしまった。師匠も一度軽く絶頂を迎えたようだが、お互いにそんなことで満足するはずがない。

「すみません、師匠……」

「う、ん、焦らなくっていいよ。まだ、あるから……」

避妊具に溜まった精液を見つめながら付け替えると、今度は確実に突き入れる。

「はぁ、なんか、変な感じ、だよ……や、スバルくん、なんか、怖い……スバルくんのじゃ、ない、みたいで……」

「大丈夫です。俺は、ここにいますから」

「ん、スバルくん……！」

手を絡めあいながら、また射精する。だが膣奥で放ちたかったのに、そこまで届かず漏らしてしまった。

今度こそ、今度こそ、と付け替えながら、また半端に絶頂する。微妙にタイミングも合わなかったりする。

気づけば、ゴムが師匠の周りに散乱して、漏れ出た精液も師匠の身体に付着していた。

「あ……もう、ない、みたい……」

「……そうですか」

しばらく師匠と交わらずにいて、射精もその間していなかった。だから、いつもよりがっついてしまったのもあるのだが、避妊具の在庫も尽きた。

ではどうするか……？

「師匠……」

「スバルく……ん!?　んちゅ、くちゅ……」

キスをする。ルール違反だ。今までの我慢もすべて水の泡になってしまう。わかっている。けど……。

「すみません、不出来な弟子で……我慢できなくて」

「ん、そう。そうだね。それじゃあ、しょうが、ないね……」

もう我慢する理性は消え去った。

「んちゅ、スバルくん……」

今度は師匠が俺にキスをしてくる。今までの唇が触れるような些細なものではなくて、こちらに吸い付いて離さないような、そんな舌でなめとるようなキスを、首筋に、頬に浴びせて、舌を絡めあう。

そして、今度こそ正真正銘、師匠の膣内に生で狙いをつける。

「あ、スバルくん……」

師匠はこちらを抱き寄せて、そっと耳にささやきかける。

「……スバルくんが破らなくても、きっと私の方が破ってた。だから、我慢できなかったのは、お互い様だから、ね？」

これだけは我慢ならなかった、と。

師匠はえへへ、と笑いかけて、俺は一気に師匠を貫いた。

「はぁあああっっ!!」

最奥に届いた途端に、一気に膣内が蠢いて、そのまま射精してしまう。当然そのまま終わらない。硬さを保ったままピストンを続ける。

「っ、師匠!?」

師匠は俺の腰に足を巻き付けて目に妖しい輝きを放っていた。

「スバルくん、しゅき、はぁ、ずっと、こうしてたい……」

支離滅裂に、うわごとのように喘いで、力強くこちらを抱き寄せて、密着する。

「スバルくん、イく、ん、だね。わたしも、イくよ。だから、さいごまで、いっしょに……ん、ちゅ、くちゅ、ちゅぱ」

キスをしながらお互いの身体をまさぐって、そのまま膣奥に射精する。

「師匠っ、好きです師匠！」

「ふわぁ！　イく！　イっくうう!!」

俺はそれまでよりも大量の精液を奥へと思い切り放ち、それを受け止める師匠は、びくびくと身を震わせて絶頂を続けた。


お互いに熱が引けて、冷静になってみる。何をやってるんだ俺たちは……！

「うん、確かにちょっと期間は短かかったけど、一応レポートにまとめてみるから、ね。そこまで気にしないで……」

「でも……」

「ん。考えようによっては、ね。我慢できなかったからしょうがないっていうのも結果の一つじゃないかなって、思うんだ。無駄だった、なんてことはないよ。こうして少しずつ頑張っていければいいと思う……」

師匠はすっと俺の手を握る。

「スバルくんは、これからも一緒にいてくれるんでしょう?」

俺の手を取って、握りしめる。

そうだ。急ぐようなことじゃない。俺たちはきっと、こうして一緒に悩みながら、時には失敗しても、それでもきっと離れない。

「じゃあとりあえず、今日は、いいですよね」

「きゃー」

少しずつ、進んでいく。

(了)

あとがき

初めましての方。あるいはノクターンの方で縁があってこうして手に取ってくれた方。まずは感謝を。ありがとうございます。

この小説を書いたきっかけは何だったかと問われれば、まあ何といいますか師弟関係いいよねいい……みたいな。

ありがたくもこうして書籍化のお話をいただいたのは本編が終わった後（とはいってもちょくちょく後日談を書いたりしてたんですが（ステマ））のことでまあなんといいますかね。過去の自分の文章にちょくちょく向き合わなければならない場面があるわけなのですよ。物書きとして成長したかと思えばそうでもないなとかそういうのをひしひしと。

まあそんなこんなで担当のO様、そしてイラストレーターの孫陽州先生。作品のイメージ抽出や作業スピード等で色々ご迷惑をおかけしました。そして出来上がった素晴らしいイラストとともに世に出せることが大変ありがたいことと思います。本当にありがとうございました。

二〇二〇年　五月　山崎世界

●本作は小説投稿サイト「ノクターンノベルズ」（https://noc.syosetu.com）に掲載されている『クーデレ師匠を救えるのは俺の精液だけらしい』を修正・編集したものです。

Variant Novels

クーデレ師匠を救えるのは俺の精液だけらしい

2020年6月26日初版第一刷発行

著者……………………………… 山崎世界
イラスト……………………………… 孫 陽州
装丁…………… 5GAS DESIGN STUDIO

発行人……………………………………後藤明信
発行所………………………………株式会社竹書房
〒102-0072 東京都千代田区飯田橋2－7－3
電　話：03-3264-1576（代表）
03-3234-6301（編集）
竹書房ホームページ　http://www.takeshobo.co.jp
印刷所………………………………共同印刷株式会社

■本書は小説投稿サイト「ノクターンノベルズ」（https://noc.syosetu.com）に掲載された作品を加筆修正の上、書籍化したものです。
■この作品はフィクションです。実在する人物・団体等とは一切関係ありません。
■定価はカバーに表示してあります。
■乱丁・落丁の場合は当社にお問い合わせ下さい。
ISBN978-4-8019-2287-7 C0093